Benno Pludra

HAIK UND PAUL

Eine Hiddensee-Erzählung

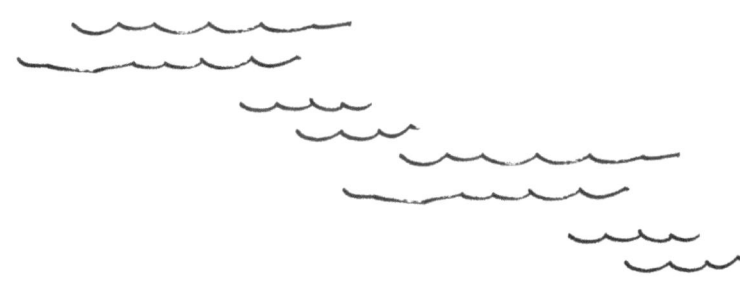

STRANDLÄUFER
VERLAG

Umwelthinweis:
Alle bedruckten Materialien dieses Taschenbuches
sind chlorfrei und umweltschonend.

3. Auflage 2023

der Taschenbuch-Sonderausgabe des STRANDLÄUFER Verlages • Stralsund

Lizenzausgabe mit freundlicher Genehmigung der Verlagsgruppe Beltz,
Julius Beltz GmbH & Co. KG • Weinheim
Die Erzählung erschien erstmals 1956 im Verlag Neues Leben Berlin.
Diese Sonderausgabe orientiert sich am Text der 3. Auflage
im Verlag Neues Leben Berlin aus dem Jahr 1958.
Rechtschreibung und Grammatik wurden vorsichtig heutigen
Lesegewohnheiten angepasst.

Illustrationen: Inka Erichsen • Berlin
Lektorat: Peter Hoffmann • Stralsund
Umschlagfotos: privat
Umschlaggestaltung & Layout: Grafikagentur Irina Stein • Germersheim
Druck: CPI books GmbH • Leck

Made in Germany
ISBN: 978-3-941093-23-2
strandläufer-verlag.de

»Ich habe mir was eingetreten«, sagt sie, »einen Dorn, glaube ich. Können Sie den mal rausziehen?«

Der Inselsommer zirpt und summt, blinkt aus dem Bodden, flammt im Spalier der Königskerzen – und das Mädchen, wie es dort steht, ist ein kleiner Sommer für sich. Ein Sprottchen in Pulli und Shorts, barfuß, die Waden zerkratzt, und überall braun wie tiefgebrannter Ton. Ihr Haar ist schwarz, kurzgerupft, ungekämmt; ihre Nase lugt vorwitzig in den Tag. Die Augen sind arglos und offen, und ich sehe, sie warten auf Antwort.

Ich habe am Bodden gesessen, allein. Im Binsenkraut schwätzte das Wasser, und draußen zog sacht ein rotgelohtes Segel. Der Tag war hoch und hell und atmete gläserne Stille. Ich habe gesessen, an nichts gedacht, träumte so vor mich hin und wäre darüber wohl eingeschlafen. Da kam von Süden das Mädchen, barfuß, auf dem rechten Hacken hinkend, kam bis zu mir ins Vorland des Boddens. Nun ja –

Sie hat sich was eingetreten, sagt sie. Einen Dorn. Ich soll ihn herausziehen. Sie wartet, und ihre Augen, merke ich, werden ungeduldig. Ich betrachte den Fuß, aber nur von oben. Die Sohle kann ich nicht sehen. Ich trau mich auch nicht, den Fuß ein wenig anzuheben, und frage, weil ich nicht länger so stehen will: »Wo gibt's denn hier Dornen?«

»Dort hinten.« Sie zeigt nach Süden. »Ich habe Brombeeren gesucht.«

»Brombeeren? Sind doch noch gar nicht reif.«

»Aber rot. Ich esse sie rot am liebsten. Wollen Sie nun mal den Dorn rausziehen?«

Ich sage: »Ja. Aber so geht's nicht. Sie müssten sich hinsetzen.«

Sie hat kleine, kräftige Füße; ihre Beine sind dünn, aber nicht zu dünn. Der Dorn, ich finde ihn schnell, steckt im Ballen des mittleren Zehs.

Ich wische den Staub von der harten Haut und drücke behutsam, kneife den winzigen Holzpurzel mit den Fingernägeln und ziehe ganz leicht, damit er nicht wegbricht. Dann lege ich das spitze Hölzchen auf meine Hand. Sie beugt ihren Kopf darüber und lächelt, als wäre der Dorn ein endlich besiegter Bösewicht. »So ein Biest«, sagt sie, und zu mir sagt sie: »Danke.«

Danach ist es still zwischen uns, und ich gucke, ob im Bodden vielleicht etwas zu entdecken ist, worüber man sprechen könnte. Ich finde nichts. Nur Möwen sind da, drei, vier, fünf, ein ganzer Schwarm. Sie haben runde schwarze Köpfe und schwarze Flügelspitzen. Sie zanken sich in der Luft und drehen plötzlich ab. Zwischen Schaprode und dem flachen grünen Wall der Fährinsel taucht ein weißer Dampfer auf. Er zieht einen Rauchschweif durch die Luft. Die Möwen halten auf den Dampfer zu. Darüber könnte man was erzählen. Aber wie anfangen?

Ich blicke verstohlen zur Seite. Das Sprottchen merkt es und schaut mich an mit großen grauen Augen, und ich sage verwirrt: »Die Möwen wissen, wo es was zu holen gibt.«

»Die immer.« Sie lächelt, und ich sehe zwischen ihren Lippen die Zähne. Sie scheint erfreut zu sein, dass ich endlich etwas gesagt habe. »Schon lange auf Hiddensee?«, fragt sie.

»Seit vorgestern.«

»Da haben Sie aber schnell Farbe gekriegt.«

Mir gefällt, wie sie das sagt. Ich spüre meine Ohren heiß werden und antworte gleichgültig: »Ich bin meistens draußen, lerne Landmesser.«

»Ach darum«, sagt sie und mustert mich längere Zeit. Ich möchte wissen, wo sie die Ruhe dazu hernimmt. Sie ist kein bisschen verlegen, fragt weiter: »Wohnen Sie auch in Vitte?«

Ich deute mit dem Kopf nach hinten, wo zwischen Heideland und Himmel die spitzen Giebel vieler Zelte lugen, und sage, dass ich dort mein Zelt habe. Darauf strahlt sie mich an. »Sie machen Camping?«

»Ich zelte.«

»Aber das ist doch Camping!«

Na schön, denke ich, soll's sein. Ich kann das Wort nicht leiden, will aber nicht lange widersprechen. Die Hälfte unsrer Zelter macht Camping und spinnt sich was zurecht. Dabei schlafen sie auch bloß auf Luftmatratzen, kochen den Kaffee auf Spiritus, braten Eier, liegen am Strand. Sie sind nicht in breiten Autos gekommen, um nun mal die Mode mitzuspielen. Sie sind einfache Leutchen, haben ein ganzes Jahr Arbeit hinter sich, wollen Luft, Sonne, Erholung; doch sie zelten nicht, sondern machen Camping. Weil's neuerdings so heißt.

Die Kleine hat da wohl auch was von weg, und irgendwie, ja, sie ähnelt den Häschen im Lager, könnte glatt aus dem Lager sein, hockt im Gras, als wären wir seit Jahr und Tag die dicksten Freunde; ganz selbstverständlich hockt sie da, braun, blank, gesund, und blinzelt heiter zu mir her.

Ich werde rot. Wie immer, wenn mich ein Mädchen näher anschaut. Ich kann nichts dagegen tun. Kann mich nur ärgern und warten, dass es vorübergeht. Bei ihr warte ich umsonst. Es geht nicht vorüber. Mein Kopf ist wie ein Siedekessel.

Sie steht jetzt auf und sagt: »Ich werd mal gehen.« Sie zupft an ihren Shorts, obwohl es keinen Zweck hat, dass sie zupft. Die kurzen Hosen werden davon nicht länger. Dann zieht sie den Pulli glatt. Der Pulli ist quergestreift, rot und weiß. Er strafft sich um die kleine Brust, und es sieht aus, als ob sie nichts weiter drunter hat.

Ich stehe ungeschickt neben ihr. Ich merke das, doch mir fällt nichts ein, was ich in diesen dummen Minuten anfangen könnte. Ich lasse die Arme hängen und gucke an ihr vorbei, irgendwohin. Ist ja auch egal. Ich habe gelbe Haare und Sommersprossen. In der Schule haben sie mich Gelbfuchs gerufen. Nie in meinem Leben habe ich Eindruck auf Mädchen gemacht.

Da höre ich sie fragen, und das ist wie ein kribbelnder Stoß, der mir bis in die Haarspitzen fährt. Sie steht mit schräggeneigtem Kopf. »Kommen Sie ein Stückchen mit?«

Wir schlendern ohne Eile. Manchmal rupft sie einen Grashalm aus und zieht ihn quer durch die Zähne.

»Bleiben Sie noch lange?«, fragt sie mich.

»Acht Tage.«

»Länger nicht?« Es klingt bedauernd, aber nicht so, dass es mir das Herz warm machen könnte. Es klingt nach »ach Gott, du armes Luder, ich brauche die Tage nicht zu zählen«.

Wir gehen über einen Wiesenweg auf Vitte zu. Die Häuser schlafen in der Sonne. Ihre gekalkten Wände strahlen weiß, und die dickwanstigen Rohrdächer sehen aus, als warteten sie auf den Winter.

Am Südrand des Ortes ragt ein Gehölz von Pappeln, denen man die Kronen abgeschlagen hat. Statt in die Höhe, sind sie in die Breite gewachsen und greifen mit ihren Zweigen ineinander. Die harten Blätter rascheln müde. Die

Brise, die von Westen kommt, ist sanft und ohne Schwung.

»Ich wohne bei meiner Tante«, sagt das Mädchen und blickt unschlüssig die Dorfstraße hoch. Dann, nach einer Weile, in der wir aneinander vorbeischweigen, sagt sie »tschüs« und gibt mir die Hand. Sie hat einen guten Griff. Ihre Hand ist fest wie bei einem, der jeden Tag zwei Stunden Holz hackt. Ich wundere mich und sage auch »tschüs«.

Sie stelzt davon. Ich bleibe stehen und denke: Sie wird sich vielleicht noch mal umgucken. Sie tut's nicht. Da gehe ich am Pappelhain vorbei zum Lagerplatz. Ich gehe ohne meine Gedanken. Die sind bei dem Mädchen. Der Tag ist auf einmal merkwürdig schal. Ich weiß nicht, was mit mir los ist. Als kleiner Junge habe ich Seifenblasen gemacht. Wenn die Kugeln am schönsten schillerten, sind sie jedes Mal zerplatzt. Das mit dem Mädchen ist so ähnlich. Ich habe mir wohl zu früh was eingebildet.

« Der Tag war hoch und hell und atmete gläserne Stille. »

Der Lagerplatz döst in gähnender Lange-weile. Die Zelte ruhen wie schläfrige Tiere, viele mit hohlem Kreuz und schlaffen Flanken. Aus einem geschlossenen Zugang ragen vier nackte Füße. Die Pumpe quietscht. Zwei Mädchen ho-len Wasser. Sie haben um die Hüften ein Stück Stoff und oben ein Stück Stoff. Das ist eine Art Einheitsanzug hier. Mehr brauchen sie nicht. Und weiter hinten, am Südstrand, brauchen sie überhaupt nichts mehr.

Mein Zelt steht am unteren Ende des La-gers. Ich krieche hinein und halte die Luft an, so bullig schlägt mir die Hitze entgegen. Ich greife mir meine Badehose und gehe über den Dünen-weg ans Meer. Der Strand ist lang und gerade. Weit im Norden und weit im Süden schwingt er sanft aus, schiebt sich in die See. Im Norden trägt er den wuchtigen Klotz der Hochlandküste von Kloster; im Süden bleibt er flach, und dunkle Kiefern drängen zum Wasser.

Wo ich stehe, gibt es keine Strandkörbe mehr. Niemand schleppt einen Korb bis hierher.

Ich bin gewissermaßen im Niemandsland. Nach oben zu, bei den Vitter Strandkörben, die aus der Ferne komischen Fabelwesen gleichen, wimmelt das Badevolk mit Kind und Kegel und dünnem Geschrei. Nach unten, ein gutes Endchen gegen Süden, liegt die Domäne der Nudisten. Eigentlich dürfen sie nicht mehr. Sie scheren sich aber nicht drum, hängen ihr Zeug weiter an Stöcken auf und kullern sich nackt im Sand oder machen sonst was.

Der Sand unter meinen Füßen ist heiß und kitzelt die Zehen. Ich suche mir eine flache Mulde. Eine feste Burg habe ich nicht. Jeder schippt und schleppt und baut. Je höher der Wall, desto besser. Und wenn sie dann drinliegen, sehen sie bloß noch den Himmel und spüren nicht den Wind. Das kann manchmal ganz schön sein, doch ich bin mehr für Wind. In meiner Mulde liegt es sich gerade richtig. Die feine Brise streicht über Stirn und Nacken. Die See grummelt verhalten. Auf ihrem glatten Rücken schaukeln blitzende Sonnenscherben.

Ich fühle mich wohl, doch es ist nicht wie sonst. Ich habe Wünsche, vor einer Stunde hatte ich noch keine. Ich denke an das Mädchen. Ich überlege, was wir gesprochen haben, will mir vorstellen, wie sie aussieht, und werde ungeduldig, weil es nicht gelingt. Wo ihr Gesicht sein müsste, schwimmt ein fahler Fleck. Das ist zum Lachen. Ich drehe mich auf den Rücken und schließe die Augen. Es hilft nichts. Das Mädchen hat kein Gesicht mehr für mich. Da gebe ich es auf und gehe schwimmen.

Ich schwimme weit hinaus, weiter, als es erlaubt ist, und fühle mich ganz allein auf der Welt. An meinen Ohren glickert das Wasser. Der Strand ist ein weißes Band, die Menschen sind klein und schwarz wie Urwaldzwerge. Die See läuft in weicher Bewegung. Sie trägt mich, wiegt mich. Sie lockt und schmeichelt und trügt.

Langsam schwimme ich zurück. Der Strand wächst aus der Tiefe, die Menschen werden größer. Ich fasse Grund, stehe. Die See reicht mir bis zum Hals. Ich lasse mich schaukeln.

Von Vitte her geht ein Mädchen den Strand entlang nach Süden. Sie geht dicht am Wasser und hält die Hände leicht in den Taschen der kurzen Hose. Über die Hose trägt sie einen rot-weißen Pulli, quergestreift. Sie ist barfuß, und Wasser spritzt um ihre Knöchel. Ich will rufen und öffne den Mund und mache ihn wieder zu. Ich rufe nicht. Sie stakst vorüber.

Ich stehe wie ein Dummerjan, und die See schaukelt mich. Das Mädchen vom Bodden geht zu den Sonnenjüngern. Ich steige an Land und werde vor lauter Wut ganz traurig.

Draußen fangen mir die Zähne an zu klappern. Meine Haut wird höckrig wie bei einer gerupften Gans. Ich friere, bin zu lange im Wasser gewesen. Ich schieße Purzelbaum und renne und grabe mich in den heißen Sand. Dort liege ich steif und gucke nach Süden.

Das Mädchen ist verschwunden. Ich kann sie nirgends mehr sehen. Sie wird ihre Sachen abgelegt haben, den dünnen Pulli und die Shorts aus Popeline – und was sonst noch, weiß ich nicht. Oder ist sie die Dünen hoch und quer durch die Heide wieder zu ihren Brombeeren? Ist sie vielleicht im Lager gewesen und hat mich gesucht? Wie quälend, wenn man so liegt und nichts weiß und trotz allen Suchens nichts erkennt.

Aber warum quält mich das? Ich habe ja gar nichts mit ihr zu tun. Ich habe ihr einen Dorn aus dem Fuß gezogen. Fängt so vielleicht die große Liebe an?

Da kommen Reiter. Ich höre den dumpfen Hufschlag der Pferde. Die Reiter sind hinter dem Dünenhang. Sie traben über den weichen Boden der Heide. Dann taucht zwischen den fächelnden Rispen des Strandhafers ein Pferdekopf auf, Hals und Rumpf folgen. Im Sattel sitzt ein Grenzpolizist, das olivgrüne Hemd am Hals offen. Dichtauf trabt ein zweiter.

Die Polizisten wollen zur Südspitze der Insel. Sie reiten die tägliche Patrouille und kommen nicht eigentlich wegen der Nudisten hier vorbei. Die Nudisten aber haben einen Wächter. Der steht mit Fernglas auf den Dünen und guckt meist in die falsche Richtung. Heute wohl auch, denn er gibt kein Signal.

Die Reiter sind jetzt unten am Strand. Die Pferde gehen Schritt. Sie werfen ihre schönen langen Schweife. Bei den Sonnenjüngern bleibt es ruhig. Man bewegt sich gelassen zwischen den Burgen. Die Burgen sind mit Strauchwerk hochgetürmt und ähneln den Hütten von Buschmännern.

Plötzlich gellt ein Schrei. Aber was für einer! Ich habe ihn gestern am Strand gehört und mehrmals in der Nacht. Am Tage, als ein Grenzpolizist in Sicht kam, in der Nacht, als schnapslaute Grüppchen heimwärts walzten. Der Schrei wird gemacht, indem man einen durchdringenden Laut ausstößt und pladdernd die Hand vor den Mund schlägt. Das klingt aufreizend wie ein indianischer Kriegsruf.

Ich stütze mich hoch. Die Pferde gehen weiter Schritt. Ihre Köpfe nicken geruhsam. Im Kral der Nudisten aber scheint ein Wirbelwind zu tanzen. Der Strand wird leer in Blitzesschnelle, und aus dem Wasser jagt ein wildes Völkchen, hopst und planscht mit ängstlichen Gebärden. Badehosen fliegen, Brusttücher flattern, und was nicht nackt sein darf, wird atemlos flink bedeckt.

Die Pferde fallen in Galopp. Sand fegt hinter den Hufen weg. Die Reiter stucken im Sattel auf und nieder. Sie galoppieren auf ein Männchen zu, das einsam und dünn zurückgeblieben ist. Das Männchen steht bis zum Nabel im Wasser. Es schaut den Reitern kämpferisch entgegen und kauert plötzlich nieder. Die Reiter zügeln ihre Pferde, halten; und aus den Büschen der Burgen wachsen neugierige Hälse.

Der Kopf des Männchens ruht über den spiegelnden Fluten. Ich kann nicht verstehen, was ihm die Reiter zurufen, doch ich sehe das Männchen wütend werden. Es stößt seine Arme aus dem Wasser und fuchtelt wie ein Ertrinkender. Dabei verliert es den Halt, rutscht hinweg und versinkt langsam und kläglich. Es taucht prustend wieder auf, schüttelt sich, speit Gift und Galle.

Die Reiter wirken wie unnahbare Standbilder. Die Erregung des Männchens prallt an ihnen ab. Sie schauen zu, wie es an ihnen vorbei zum Strand steigt, immer noch schimpfend, und lassen ihre Pferde antraben. Sie traben weiter nach Süden.

Aus den Buschhecken schwärmen zögernd die Geflohenen. Sie sind wieder nackt und winken den Reitern nach. Sie tun es umso mutiger, je weiter sich die Reiter entfernen.

Das Männchen aber schreitet zu einem Stock, der frei in den Sand gerammt ist und als Garderobenständer dient. Der Stock trägt eine Ballonmütze und einen hellen Lappen. Die Mütze drückt das Männchen auf seinen kahlen Schädel, den Lappen schlingt es durch die Beine und verknotet ihn um die Hüften. So angezogen, packt das Männchen den Stock und marschiert den Strand hinauf, und die Art, wie es den Stock herniederstößt, verrät brodelnde Wut.

Das Männchen wohnt bei uns im Lager. Es besitzt ein Zelt aus Wallensteins Tagen und wird

Onkel Erwin gerufen. Und außer Lendenschurz und Mütze trägt es häufig noch eine Kamera.

Dicht vor meiner Mulde unterbricht Onkel Erwin sein wütendes Marschieren. Er hebt den Stock und droht nach Süden. Dann fragt er mich: »Hast du das gesehen?«

Ich sag: »Ja. Aber lass dich lieber nicht erwischen.«

»Warum?«, fragt Onkel Erwin.

»So beim Drohen.«

»Unsinn«, sagt Onkel Erwin. »Ich meine, ob du gesehen hast, wie sie mich behandelt haben. Eine Schande ist das!«

Er setzt sich am Rand meiner Mulde nieder, stellt den Stock zwischen die Beine und umklammert ihn mit beiden Fäusten. Seine Beine sind mager; sie haben dicke bläuliche Adern. Sein Brustkorb ist spitz wie bei einem Hähnchen.

Onkel Erwin kann nichts dafür, dass er so aussieht. Aber warum muss er es jedem zeigen? Ich würde an seiner Stelle einen Badeanzug tragen. Mit langen Hosen, wenn's ginge.

»Wie haben sie dich behandelt?«, frage ich.

»Schofel, diese jungen Burschen!« Onkel Erwin peilt ergrimmt an seinem Stock vorbei in Richtung der beiden Reiter, die fern und leicht dahintraben. »Sie haben gelacht. Sie haben keinen sittlichen Ernst.«

»Musst du nun Strafe zahlen?«, frage ich.

»Das fehlte noch!« Sein Asketenantlitz bläht sich auf, wird rot wie der Ohrlappen eines

Puters. »Strafe zahlen. Das wäre die Höhe!«

»Aber sie sollen schon welche von der Insel geschickt haben.«

»Verdientermaßen.« Onkel Erwin richtet sich auf, und ich begreife nicht, warum er plötzlich so spricht. Dann sagt er: »Wer die Ideale unserer Gilde nicht teilt und aus unsittlichen Erwägungen den Strand besucht, gehört von der Insel. Jawohl.«

»Ach«, sage ich, »habt ihr solche auch?«

»Leider«, sagt Onkel Erwin.

»Dann könnt ihr ja froh sein, wenn die Polizei den Strand von solchen nacktigen Fritzen säubert.«

Onkel Erwin ist nicht froh. Er verzieht den Mund, als habe er Essig geleckt. »Die Polizei hat keine Ahnung, was sie tut. Sie kennt keins unserer Ideale und handelt völlig blind. Sie verfährt nach Vorschriften.«

»Und was haben sie dir vorgeschrieben?«

»Ich soll hingehen, wo mich niemand sieht.« Onkel Erwin guckt mich lange an. Er kneift die Augen ein und schließt den Mund zu einem lippenlosen Strich. Dann steht er auf und schreitet weiter, ohne ein Wort.

Ich wühle mir Sand unter die Brust. Er sticht heiß gegen die Haut. Ich fühle sie kribbeln. Ich beuge den Kopf in die Arme und betrachte den buckligen glitzernden Strand. Den Dünenhang aufwärts steigt Onkel Erwin, Sittenapostel mit Lendenschurz und Ballonmütze.

Später, als sich die Sonne glühend dem Meer zuneigt, wird es kühl, und die Brise erwacht zu kräftigem Leben. Ich drücke mich tief in die Mulde und lausche dem lauten Geschwätz der See. Die Brandung wächst.

Die Sonnenjünger ziehen heimwärts. In Grüppchen zu zweien, zu dreien, manchmal auch allein, stapfen sie den Strand hinauf gen Vitte. Ich höre sie erzählen, lachen, die Glieder müde und sonnenwarm. Eine bunte Schar, die da vorüberstreift, gekleidet nach letztem Modeschrei oder dürftig, wie es nur irgend geht. Eine Schar, die sich Besonderes dünkt.

Inmitten der Buntesten geht das Mädchen. Ihr zur Rechten tänzelt ein schlankes Bürschchen, blond wie Gold, das Haar nach Weiberart in die Stirn gelockt. Die Beine sind nackt bis zum Popo. Ein Campinghemd umweht die Hüften, und das Bürschchen sieht aus wie ein entlaufener großer Säugling. Das Hemd ertrinkt in grellen Farben, giftgrüne Palmen, rote Affen und hier und da ein blaues Stück Meer. Zur Linken des Mädchens watet ein dicklicher Borstenkopf. Er quasselt mit dünner Stimme und zieht an seinen Hosen, die, himbeerrot und eng, bis zu den Knöcheln reichen. Brust, Bauch und Arme umhüllt ein samtiger schwarzer Nicki.

Ich mache mich flach und schiebe den Wall meiner Mulde höher. Ich will nicht, dass mich das Mädchen sieht. Wie kommt sie zu diesen Papageien? Wie kann sie mit solchen gehen – und

baden – und vielleicht in einer Burg liegen? Ich
bin enttäuscht. Nie war ich so enttäuscht.

Die Sonne taucht hinter der Kimm ins Meer.
Flüssiges Feuer fließt bis zum Strand. Ich bleibe
und sehe das Feuer langsam verglimmen. Die See
wird grau, einsam, unendlich. Es kommen die
Schatten der Nacht.

« Ich schwimme weit hinaus, weiter, als es erlaubt ist, und fühle mich
ganz allein auf der Welt. »

Als ich endlich aufstehe, sind meine Beine steif und kalt. Ich gehe über den Dünenhang und die Heide. Nach Osten ruht der Bodden, dahinter die rügensche Küste, von blauem Dämmerlicht umsponnen. Verstreut im Heideland stehen Katen, weiße Würfel mit gemütlichen Rohrhauben. Fenster leuchten gelb. Durch die Lüfte schwirrt ein verspätetes Vogelpaar. Dürre Gräser streifen meine Waden, und in kleinen Kolonien schimmern die hellen Köpfchen der Immortellen.

Das Lager ist rege und laut. Blechgeschirr klappert. Die Pumpe stöhnt und wirft plantschend Wasser. Irgendwo ist Gezänk, irgendwo ist Lachen. Vor einigen Zelten baumeln Laternchen. Ein Kochfeuer knistert und knastert.

Ich bin allein mit meinem Zelt. Ich habe Nachbarn, doch die gehen mich nichts an. Links ein junges Ehepaar; rechts, ein Stückchen weiter entfernt, drei lustige Sportler. Das junge Ehepaar isst Bratkartoffeln, in Speck und Schinken gebraten. Der Duft weht mir in die Nase, und ich empfinde plötzlich kollernden Hunger. Die Sportler essen Tomatenhering aus Konservendosen.

Ich suche mein Geschirr zusammen, den Kocher, das Messer, den Teller. In einer Flasche habe ich Wasser. Ich brühe mir Tee auf, einen Becher voll. Der Kocher stinkt, doch er brennt. Ich ziehe den Trainingsanzug über, hole die Luftmatratze aus dem Zelt und beginne meine Mahlzeit. Ich esse harte Wurst und trockenes Schwarzbrot, schaue dabei durchs Lager, und wie jedes Mal in dieser Stunde, kann ich mir nichts vorstellen, was schöner wäre, als so zu sitzen und Brot und Wurst aus der Hand zu essen.

Das Lager ist nach keinem festen Plan angelegt. Die Zelte sind gewachsen wie Pilze nach einem Regen, hier eins, dort eins, kunterbunt. Doch es gibt so etwas wie einen Weg, einen sehr breiten Weg, der von Nord nach Süd hindurchführt. An diesem Weg steht die Pumpe. Rund um die Pumpe ist Betrieb.

Im Zwielicht erkenne ich dunkle Gestalten. Sie bewegen sich tapsig wie Bären und vollführen eine kleine Balgerei. Danach üben sie Kraftakt. Sie stemmen sich in die Höhe, versuchen es jedenfalls, und ächzen dabei. Nach einer Weile gesellen sich andere hinzu, ebenfalls im Trainingsanzug, doch als Mädchen leicht zu erkennen. Die beiden Gruppen verschmelzen, bilden einen dichten Ring, aus dem hin und wieder schallendes Gelächter steigt.

Ich bin allein. Ich höre das fröhliche Lachen, und zum ersten Mal schmerzt mich mein Alleinsein. Niemand sonst ist allein in diesem Lager, außer Onkel Erwin. Jeder hat ein Mädchen mit oder ein paar Freunde oder seine Frau. Es gibt auch Mädchen, die zu dreien und vieren ein Zelt haben und vielleicht bloß auf Anschluss warten. Aber das sind meist Campinghäschen, mit denen ich nichts anzufangen weiß.

Und dann gibt es noch die Kleine vom Bodden. Aber die wohnt nicht hier und ist wahrscheinlich erst recht nichts für mich. Oder ich bin nichts für sie. So wird's wohl sein. Sie rennt mit Papageien, und ich bin bloß ein unscheinbarer Sperling.

Mein Becher ist leer. Ich spüle ihn aus und wische das Messer durchs Gras, packe die Sachen ins Zelt und habe dann nichts mehr zu tun. Ich sitze und warte –

Worauf? Ich weiß es nicht, weiß es erst, als im nördlichen Lagerzugang, dicht an der Pumpe, das Mädchen vom Bodden auftaucht.

Sie bleibt stehen bei den Lachern, und ich sehe, wie sie fragt, und ich sehe die Gruppe beraten und schließlich einen der Jungen in meine Richtung deuten. Da geht es mir siedend durch den Körper. Ich rühre mich nicht, hocke mit untergeschlagenen Beinen, stehe dann auf, ganz langsam. Das Mädchen wirkt schlanker und größer als am Tage. Sie hat Korsarenhosen an, straffgenähte halbe Hosen, die knapp bis unters

Knie reichen und die Wade frei lassen. An den Füßen trägt sie flache Schuhe. Um die Schultern liegt ihr eine grobgewebte Jacke. Sie lacht mir zu und schiebt die Hände in die Taschen. Sie ist mir überlegen, und je mehr ich das spüre, umso weniger finde ich aus meiner Verlegenheit. Sie hat mich überrumpelt.

»Hallo, wie geht's?«, fragt sie. »Ich wollte mal sehen, wo Sie wohnen. Mein Fuß ist wieder ganz heil.«

»Das freut mich«, sage ich.

»Vorhin hat er noch ein bisschen gezwackt.«

»Ja, das Fleisch musste sich erst wieder beruhigen.« Ich sehe auf ihre Füße nieder. Meine Haare schwitzen.

»Haben Sie schon gegessen?«, fragt sie.

»Ja«, sage ich, »was man hier draußen so essen nennt.«

Sie bückt sich jetzt, die Ellenbogen ein wenig abgewinkelt, und schaut in mein Zelt. Ihre Jacke streift meine Hand. »Es ist dunkel drin«, sagt sie, »haben sie auch Licht?«

»Eine Taschenlampe.«

Sie richtet sich auf, dicht vor mir. Sie guckt mich an, und ich blicke wie zufällig zur Seite. Was will sie hier? Warum ist sie nicht bei ihren Papageien? Ich wende mein Gesicht langsam zurück. Sie guckt mich noch immer an, lächelt ein bisschen, und ihre Augen schimmern lichtgrün.

»Haben Sie eine Zigarette?«, fragt sie.

»Ich rauche nicht«, sage ich.

»Ich meistens auch nicht.« Sie lächelt milde. »Wollen wir mal hinunter zum Strand? Das Meer ist jetzt am schönsten.«

Ich nicke und folge ihr durch die Heide. Dann spazieren wir langsam den Dünenweg hoch. Ich spreche so gut wie nichts.

Einmal sagt sie: »Ich muss bald denken, Sie wollen nicht mit mir gehen.« Ein andermal: »Wenn ich wüsste, warum Sie so still sind.« Ein drittes Mal: »Ich will mich nicht aufdrängen, hören Sie?« Da sage ich, dass ich immer so bin.

Wir rücken uns einen Strandkorb zurecht. Das Sprottchen ist geschickt bei der Hand und anscheinend auch kräftig. Wir setzen uns nebeneinander und haben vor uns das weite, schweigende Meer. Es scheint kein Mond, und die Sterne sind noch nicht da. Ein Kutter tuckert in der Ferne. Weit an der Kimmung blinkert ein Licht. Ich atme tief, schmecke die See. Ich werde froh und ruhig und habe bloß Angst, ein bisschen, dass die Kleine anfängt zu schwärmen.

Mädchen, habe ich mir sagen lassen, schwärmen gern. Für ein Kleid, einen Kerl vom Film oder was Romantisches. Ich kann mir vorstellen, wie sie dabei die Augen verdrehen und seufzen. Das finde ich komisch. Darum möchte ich nicht, dass die Kleine neben mir anfängt zu schwärmen. Sie tut's auch nicht. Sie sitzt still, und ich würde gern mal zur Seite lugen, um zu sehen, wie sie sitzt. So weit trau ich mich aber nicht. Sie hat Augen, die keine Ruhe geben, und ihre Zähne, wenn sie lacht, sind sehr weiß.

Der Wind stößt weich gegen mein Gesicht. Er ist kühl, aber nicht unangenehm. Er brummt um die Ohren und hechelt hinten im Strandkorb. Ein Stückchen Markisenstoff klatscht ans Rohrgeflecht.

»Es zieht im Nacken«, sagt das Mädchen. »Wenn man nicht aufpasst, kriegt man ein steifes Genick.« Sie rutscht vom Sitz und lässt sich auf dem Fußkasten nieder, schlägt den Kragen der wolligen Jacke hoch. »Hier unten zieht's weniger«, sagt sie.

Ich bleibe trotzdem oben. Ich kann sie nun sehen, ohne dabei ertappt zu werden. Sie sammelt Steinchen und wirft damit nach dem Brandungsschnee. Die Steinchen machen bei jedem Aufschlag »flupp«. Ich gucke zu.

»Wann fahren Sie weg?«, fragt das Mädchen.

»In acht Tagen.« Ich hab's ihr doch schon am Bodden gesagt.

»Und wo fahren Sie hin?«

»Nach Hause.«

»Landmesser lernen Sie? Was ist das?« Sie schurrt ein paar Steinchen zwischen den Händen und blickt neugierig zu mir hoch.

»Landmesser«, sage ich unbeholfen, »das ist, ja … Wir vermessen Land. Haben Sie noch nicht gesehen, so mit Stangen, die rotweißrot sind? Und dann ein Apparat zum Durchgucken. Der heißt Theodolit.«

»Macht das Spaß?«, fragt sie.

»Mir macht es Spaß«, sage ich.

Sie wirft wieder Steinchen. »Ich gehe noch zur Schule, aufs Gymnasium. Ich wohne in Hamburg. Kennen Sie Hamburg?«

»Von Bildern.«

»Genau wohne ich in Blankenese. Kennen Sie das?«

»Nein. Das ist irgendwo an der Elbe, wie?«

»Nicht weit von Hamburg. Mein Vater hat ein Geschäft dort, Delikatessen und so. Ich möchte ja lieber, er wäre Kapitän. Die meisten Blankeneser sind Kapitän.«

»Aber Delikatessen bringen auch was ein.«

Sie guckt mich an, als hätte ich das nicht sagen dürfen. Ich werde rot und bin froh, dass es dunkel ist.

»Mein Großvater war Kapitän«, sagt sie dann, »und der andere war Fischer, hier auf Hiddensee. Mutter ist von Hiddensee. Ich möchte nicht sein, wo kein Wasser ist. Haben Sie zu Hause Wasser?«

»Grubenteiche.«

»Sind die groß?«

»Mittel, aber sehr tief. Und drumherum ist Kippe mit Birken und Tännchen. Wir haben dort immer Indianer gespielt. Aber so schön wie an der Elbe wird's bei uns nicht sein. Wenn Wind ist, staubt es sehr, und dann qualmen noch an allen Ecken Fabrikschlote.«

»Da möchte ich nicht wohnen«, sagt sie. »Ziehen Sie später mal von dort weg?«

»An so was habe ich noch gar nicht gedacht.«

Sie fröstelt ein bisschen und reibt sich die Waden. Auf See schwimmt ein rotes Licht. Es wandert langsam übers Wasser. Es gehört zu einem Dampfer, der schwarz und massig und kaum erkennbar durch die Nacht zieht.

Das Mädchen steht auf, schlägt ihre Jacke eng um den Leib und wickelt die Hände hinein. Dann lehnt sie sich gegen den Strandkorb, hebt das Gesicht in den Wind, als warte sie. Ich würde gern meinen Arm um ihre Schulter legen, bleibe aber steif an meinem Platz. Das Mädchen sieht so unnahbar aus, ähnelt den Fischerfrauen, die bei Sturm auf die Heimkehr der Boote warten.

»Mir ist kalt«, sagt sie.

»Der Wind nimmt zu«, sage ich.

Sie schaut übers Meer und lächelt halb. Sie rührt sich nicht. Ich finde sie schön und möchte sie immer so stehen sehn.

Von Kloster streicht westwärts das Feuer des Leuchtturms, huscht über den Strand, springt über die See, schweift durch den Himmel und kehrt aus dem Osten zurück, lautlos, gespenstisch, in nie ermüdender Runde. Ans Rohrgeflecht klatscht der Markisenstoff, und die Kleine, indem sie mich anblickt, sagt: »Sie sind nicht wie die Jungen sonst. Gehen Sie noch ein Stückchen mit? Ich muss jetzt nach Hause.«

Ich bewege mich hölzern neben ihr und frage: »Was für Jungen meinen Sie?«

»Ach, überhaupt.«

»Vielleicht die, mit denen Sie heute am Südstrand gewesen sind?«

Wir steigen zum Dünenweg hoch. Sie ist vor mir oben und dreht sich um und fragt: »Waren Sie denn auch am Nacktstrand?«

»Nein, ich habe Sie bloß gesehen.«

»Wo da?«

Sie hält dich für einen Lauscher, denke ich, für einen Gaffer, und sage: »Als Sie zurückkamen. Der mit dem Affenhemd war dabei, und der andere in Himbeerhosen.«

»Das klingt, als ob Sie sich geärgert hätten.« Sie lacht, ein bisschen gekünstelt.

»Ich kann solche Fatzken nicht leiden«, sage ich.

»Es sind Künstler, aus Berlin.«

»Schöne Kunst, was die verzapfen werden.«

Jetzt tut sie hochnäsig und sagt: »Der eine tanzt, der andere malt.«

»Welcher tanzt, der Dicke, der mit Himbeerhosen?«

»Der Schlanke natürlich. Aber die Hosen stören Sie wohl sehr?«

»Bei einem Jungen, ja.«

»Mir ist egal, was einer anhat.« Sie dreht

sich von mir weg und geht los, und ich trotte wie ein Dackel hinterher.

Ich glaube, sie ist mir böse. Bestimmt, weil ich ihre Künstler Fatzken genannt habe. Aber was *so* aussieht und sich Künstler tituliert, ist bestimmt weit davon entfernt. Vielleicht haben die beiden mal Kulissen geschoben. Und hier markieren sie den dicken August. Und die Kleine da, die auf solche gar nicht angewiesen ist, verteidigt sie. Aber vielleicht verteidigt sie bloß sich selber. Es heißt doch: Sage mir, mit wem du gehst … Und Sprichwörter, das habe ich von meiner Großmutter, sind weise bis auf den Grund. Aber was soll mir jetzt die Weisheit? Ich will sie gar nicht. Ich will, dass mir das Mädchen nicht davonläuft. Und ich mache mich brav und frage: »Was malt denn der, der mit den Hosen?«

»In Tusche«, sagt sie mir schnippisch über die Schulter.

»Und der andere tanzt?«

»In einem Elevenballett, jawohl.«

»Was'n das?«

»Er lernt«, sagt sie von oben herab. »Wie Sie Landmesser lernen, lernt er tanzen.«

»Tanzen«, sage ich, »dann lieber gar nischt.«

Da faucht sie mit schmalen Augen: »Ich finde Sie ungehobelt. Gute Nacht.«

»Gute Nacht«, sage ich verdutzt und sehe sie wegrennen, laufe ein paar Schritte hinterher, bleibe stehen, mutlos, bis ihre Jacke im Dunkeln verschwimmt. Dann packt mich Jammer, und ich starre mir die Augen heiß. Dann kriege ich Wut.

Was denkt sie sich, diese Sprotte! Bin ich vielleicht ein Lämmerschwanz? Darf sie mich abfackeln, weil ihr zwei Heinis besser gefallen? Soll sie sausen! Soll sie doch sausen!

Und weiter? Nichts weiter, gar nichts. Ich habe kein Glück bei Mädchen. Ich habe gelbe Haare und Sommersprossen und keine Himbeerhosen, und ein Künstler bin ich auch nicht. Ich werde sie vergessen, einfach nicht mehr an sie denken. Ich habe auch keinen Großvater, der Kapitän war. Meiner war in der Grube, und mein Vater ist auch in der Grube. Darum bin ich wohl so ungehobelt. Sie ist feiner als ich. Das macht vielleicht der Delikatessenladen. Aber so was Feines ist das auch nicht. Ich würde drauf pfeifen, Gurken und Heringe zu verkaufen. Ich lerne Landmesser. Das ist ein Beruf, wo man Köpfchen braucht. Und das habe ich, Gott sei Dank. Ich werde dieser Sprotte nicht nachlaufen. Sie hat einen Fimmel, jawohl. Eingebildet ist sie, die mit ihren Korsarenhosen. Eine Gans. Ein Gänschen.

»Gänschen!«, schreie ich. Und bin in Sorge, dass sie's gehört haben könnte.

Das Meer rauscht, bricht weißköpfig aus der Finsternis. Der Leuchtturm schickt sein kreisendes Licht. Ich gehe den Dünenweg langsam zurück.

«Wollen wir mal hinunter zum Strand? Das Meer ist jetzt am schönsten.»

Der neue Tag schlägt ungestüm gegen mein Zelt. Die Leinwand bebt und bauscht sich. Ich liege mit offenen Augen und höre das Meer und den Wind. Das Zelt schenkt Geborgenheit. Es riecht nach Seife und Spiritus und dem feuchten Atem der See.

Von nebenan dringen Stimmen. Eine sehr wache, bittende und eine schläfrige, murrende. Das junge Ehepaar hat den täglichen Zwist ums Brötchenholen. Der Mann soll aufstehen und zum Bäcker laufen. Er weigert sich, wie jeden Morgen, und kriecht schließlich schimpfend ins Freie. Ein Zelt hat keine Mauern. Die Nachbarn vergessen das oft, und man hört so manches, was nicht für dritte Ohren bestimmt ist.

Beim Frühstück sind die beiden wieder ausgesöhnt. Sie hocken auf niedrigen Klappstühlen. Die junge Frau ist blond und rundlich, hat ein hübsches Gesicht. Sie schmiert dem Mann die Brötchen, und der Mann braucht nur noch zu essen. Nachher wird sie zur See gehen und das Geschirr abspülen. Der Mann wird unterdessen eine

Zigarette rauchen. Das Brötchenholen ist seine einzige Arbeit. Wäre ich die Frau, ich würde ihn schon anlüften. Ich rufe einen Gruß und renne mit Handtuch und Seife zum Strand.

Der Himmel geht grau und tief. Die Wolken tragen Regen, doch der Wind aus West jagt sie weiter, immer weiter. Der Wind ist stark wie hundert Rösser. Er presst mir die Luft in die Lungen und will mich vom Dünenweg stoßen. Meine Haut wird kalt und spannt sich. Ich wasche mich schnell, werfe mich in die Brandung. Die See schlägt mir ins Gesicht. Sie reißt meine Füße vom Boden, wühlt und schäumt, dass mir die Ohren dröhnen. Ich schlucke Wasser und atme keuchend. Die See gibt keine Ruhe. Sie braust auf meinen Rücken, drückt mich nieder, und ich nehme endlich Reißaus.

Den Dünenhang abwärts fegen die Sportler, meine Nachbarn zur Rechten. Der eine schlägt Rad, der andere hopst mit gekrümmten Knien, der dritte schreit vor lauter Freude. Sie sind jung wie ich, lernen irgendwo in Sachsen, alle drei in einem großen Werk. Und spielen Fußball. Sie lassen jetzt ihre Badehosen fallen und rennen splitternackt ins Wasser.

Ich höre sie toben und trabe den Dünenhang aufwärts zum Lager. Dort ziehe ich Shorts an und den grauen Pullover mit Rollkragen. Ich fühle mich frisch und wohl.

Das junge Ehepaar hat abgefrühstückt. Der Mann sitzt und raucht. Die Frau räumt das

Geschirr zusammen. Sie fragt mich, ob ich ein bisschen Kaffee möchte, und ein Brötchen, sagt sie, könne ich auch haben. Weil ich zögere, nickt mir der Mann auffordernd zu. Er beginnt ein Gespräch über das Wetter, während die Frau mit dem Geschirr im Arm davongeht.

Der Mann ist mager und dünnwadig. Er kann dreißig Jahre alt sein. Er sagt, dass es Regen geben werde, und wir gucken beide in die Wolken. Ich habe mir Butter und Marmelade auf das Brötchen geschmiert. Der Kaffee schmeckt gut; die junge Frau versteht ihre Sache. Warum sie nur den schlafmützigen Mann hat? Als sie zurückkommt, lobe ich den Kaffee. Sie sagt, es sei gern geschehen, und lächelt mit rosigen Wangen. Sie ist wirklich hübsch, und das Rundliche an ihr stört nicht.

Ich krieche in mein Zelt, räume ein bisschen auf, schüttle die Decken und lege sie über die Matratze. Dann spaziere ich faul durchs Lager, bleibe ein wenig bei den Sportlern stehen, die eben zurückgekommen sind und ihr Feuer nicht in Gang kriegen, schlendre weiter und helfe einem Mädchen an der Pumpe, das mit fünf Kochgeschirren Wasser holt, bin wieder allein und merke plötzlich, dass mir etwas fehlt.

Ich bin unzufrieden, langweile mich. Das hat es bis jetzt nie gegeben. Jeder Tag war für mich neu, mit jedem Tag wusste ich etwas anzufangen. Heute weiß ich's nicht, habe auch keine Lust, mir dies oder jenes zu überlegen. Ich könnte nach Neuendorf gehen oder ein Stück zur Fährinsel laufen oder mir in Kloster das Heimatmuseum angucken. Gestern noch waren es schöne Ziele. Heute sind sie ohne Reiz. Und die fröhliche Betriebsamkeit ringsum stimmt mich beinahe traurig. Ich setze mich auf den Brunnenrand, stütze das Kinn in die hohlen Hände.

Das Lager lebt und quirlt. Zwei Wandertrupps brechen auf. Vor seinem Flickenzelt turnt Onkel Erwin. Er macht »Knie beugt – Knie streckt«, und ich fürchte um seinen Lendenschurz. Doch der Knoten hält. Und wenn nicht, so würde es am allerwenigsten Onkel Erwin etwas ausmachen. Vielleicht aber den drei Mädchen, die gleich daneben beim Frühstück sitzen. Sie haben Onkel Erwin den Rücken zugedreht und blicken manchmal schnell über die Schultern, stecken dann die Köpfe zueinander, flüstern und kichern.

Ich gehe aus dem Lager, gehe ohne Ziel, bloß so ein bisschen vor mich hin – rede mir jedenfalls ein, dass es so sei. Ich sage mir hundertmal: Du suchst nichts und erwartest auch nicht, dass dir jemand über den Weg läuft. Du gehst ganz einfach spazieren. Dies sage, denke ich – etwas anderes aber fühle ich. Es lässt sich nicht verschweigen, nicht verdrängen: Ich suche das Mädchen. Ich hoffe, sie irgendwo zu treffen, hoffe in unbestimmter Angst, wünsche es sehr und fürchte mich davor. Ich laufe der Sprotte nach.

Der Wind reisst an meinen Haaren. Er schüttelt die Pappeln, die keine Kronen mehr haben, und lärmt mit den glatten Blättern. Ich bin an der Stelle, wo wir uns gestern Nachmittag getrennt haben. Die Straße heißt Süderende. Sie ist grau von wirbelndem Sand. Weiter oben überdachen Bäume ein Bauerngehöft. Dann macht die Straße einen Bogen nach rechts. Bis dorthin war gestern das Mädchen zu sehen.

Ich gehe zögernd die Straße hinauf, vorüber an behäbigen Fischerkaten. Zu jedem gehört ein Fleckchen Wiese, ein Meterchen Hecke. Zäune gibt es nicht. Aus einer blauen Tür tritt plaudernd eine Familie, Vater, Mutter und ein lustiger Dreikäsehoch. Es sind Gäste, wie man hier sagt, Urlauber, die ins Ferienheim zum Frühstück wollen. Ein Windstoß fährt der Frau in die Kleider. Der Rock steigt breit wie beim kreisenden Tanz. Die Frau lässt ein Gezeter los und schlägt den Rock mit beiden Händen nieder. Ich glaube gar, sie schämt sich. Ich gucke weg, als ihre Augen mich verlegen streifen. So ist das, denke ich, am Strand rennt man in kleinen Höschen, und hier, im Kleid auf der Straße, darf Bruder Wind nicht mal ein keckes Spielchen treiben.

Ich bin jetzt dort, wo der sanfte Straßenbogen beginnt. Rechts, etwas erhöht, liegt der Bauernhof, ein schöner Hof mit schönen Bäumen rundherum. Hühner gackern und scharren im Mist. Ein Hahn stolziert, und Schwalben huschen übers Gras. Vielleicht gibt es heute doch noch

Regen. Ich schaue prüfend in den Himmel. Die Wolken segeln schnell, manche mit rundem Bug und stolz wie vor Zeiten die hansischen Koggen.

Die Häuser und Katen rücken enger zusammen. Das Süderende wird zur belebten Dorfstraße. Es gibt einen Fußsteig, hier und da sogar Zäune. Menschen gehen her und hin, Gäste und Insulaner, die Gäste weit in der Mehrzahl und auf tausend Schritt als Gäste zu erkennen.

Ich trödle und sehe mich oft um, als hätte ich noch auf jemanden zu warten. Ich bin kein guter Schauspieler, bewege mich steif, nicht ungezwungen, wie ich es gerne möchte. Hinter jedem Fenster, denke ich, kann das Mädchen sein, kann dich sehen, beobachten. Wenn ich bloß wüsste, wohin sie gestern gegangen ist!

Ein Haus versteckt sich unter buschigem Holunder, ein Rohrdachkaten, der an hundert Jahre alt sein mag. Aus grüngemalten Rähmchen blinzelt Fensterglas, und Tüllgardinen hängen, scheinbar vergessen von der Zeit. Der Katen ist weiß und friedlich. Dahinter grünt ein langes Wiesenstück, das bis hinunter zum Bodden reicht. Dem Katen nahe hat man einen Hammel angepflockt.

Der Hammel blökt und starrt mich reglos an. Sein graues Fell hat dicke Zotteln. Um seine Hinterfüße liegt die Leine, verschlungen wie eine

Fessel. Der Hammel will fressen und kommt nicht von der Stelle. Drum schreit er dumpf mit traurigem Maul. Ich mache ihn frei. Er bockt und stampft, blökt ängstlich, und hinter mir ruft es plötzlich fragend: »Was ist los?«

Ich fahre herum. Mein Hammel macht einen Satz. Die Stimme kam aus dem Rohrdachkaten. Ich kenne sie gut, ich würde sie unter tausend herauskennen.

Der Katen steht frei in der Wiese. Ein paar Erlen begrenzen seine Südseite. Davor ist Gebüsch, Holunder wie an der Straße, und eine alte Pumpe mit langem Schwengel. Auf halbem Wege zur Pumpe seh' ich das Mädchen, in lichtblauem Trainingszeug und um den Kopf ein Tuch, sodass von den Haaren nur schwarze Büschel hervorlugen. Sie trägt einen Eimer und fragt, als kenne sie mich nicht: »Was war mit dem Hammel?«

Ich wische meine Hände an der Hose ab. »Schon wieder in Ordnung. Er hatte sich in der Leine verfitzt.«

»Verfitzt?« Sie hebt die Schultern und lächelt über das Wort. Oder über mich. Dann stellt sie den Eimer hin und zupft am Kopftuch. »Der Hammel konnte nicht laufen«, sage ich, »die Leine lag um seine Füße.«

»Ach so«, sagt sie, »das nennt man verfitzt?«

»Bei uns nennt man's so.« Ich werde ärgerlich. Die Sprotte soll nicht glauben, sie kann mich zum Narren machen. Ich bin kein

Hanswurst. Sie ist ja sehr niedlich, doch zum Narren machen lasse ich mich nicht. Ich tue so, als ob ich gehen wolle. Da fragt sie freundlich: »Wohin gehen Sie?«

»Einkaufen, und dann zum Hafen.«

»Ich würde mitkommen«, sagt sie darauf, »ich habe aber keine Zeit.«

Sie lächelt wieder, doch nicht mehr wie vorhin. Ihr Mund bleibt weich und geschlossen, ihre Augen sind zutraulich. Ich begreife nicht, was sie plötzlich gewandelt hat. Sie ist überhaupt schwer zu begreifen. Ich werde sie nie durchschauen, glaube ich. Vielleicht spielt sie bloß. Aber kann man so gucken, wenn man spielt? Ich könnte es nicht. Doch sie, die Sprotte, kann es vielleicht.

»Sind Sie noch böse«, fragt sie, »wegen gestern?«

Ich bin nicht mehr böse. Ich möchte auch nicht, dass sie noch einmal von ihren Künstlerfatzken anfängt. Wir würden uns bloß wieder in die Haare kriegen.

»Sie haben keine Zeit?«, frage ich.

»Ich mache Zimmer sauber. Tante hat Gäste. Sie vermietet zwei Zimmer, sie könnte das ganze Haus vermieten, wenn's nach dem Eff-de-ge-beh ginge.«

»Ja, das sammelt sich.«

»Bei uns ist das nicht so wild«, sagt sie. »Ich war mal auf Westerland, an der holsteinischen Küste. Da war noch viel frei.«

»Weil's zu teuer ist.«

»Aber schön ist Westerland.«

»Aber es kann nicht jeder hin.«

Sie guckt mich prüfend an und schweigt. Ich habe wohl wieder was Falsches gesagt. Ich würde es aber gleich noch mal sagen. Wem nutzt das schöne Westerland, wenn's bloß für Bratenfresser frei ist? Ich warte auf ihr nächstes Wort. Das kommt nicht. Sie bückt sich nach dem Eimer, der Henkel quietscht.

»Soll ich pumpen?«, frage ich.

»Ich mache es lieber selber«, sagt sie.

In der offenen Haustür erscheint jetzt eine zierliche ältere Frau. Sie ist dunkel gekleidet und tritt einen Schritt ins Freie, um nach dem Wetter zu sehen. Sie hat ein kleines, rundes, gutes Gesicht, darin zwei große Augen, die klüger und klarer nicht sein können. Die Frau schaut flüchtig zu uns her. Ich grüße höflich, und das Mädchen wendet sich zur Tür. »Ach, du bist's, Tante«, dann zu mir, flüsternd: »Wie heißen Sie?«

Ich nenne meinen Namen, und sie blickt mich an, verdutzt, beinah zweifelnd, berührt dann meinen Arm und sagt wie nebenbei: »Das ist Paul, Tante, der Junge aus dem Camp.«

Die Tante nickt. Sie lächelt still und mustert mich mit halber, fein verborgener Neugier. Ich merke, dass sie von mir weiß. Dann nickt sie wieder und geht in den Katen zurück. Das Mädchen schaut mir jetzt ungläubig ins Gesicht. »Paul heißen Sie?«

»Warum nicht?«

»Weil's nicht modern ist.«

»Ich heiße nach meinem Großvater.«

»Ach deshalb«, sagt sie.

Ich spüre leisen Groll. Mein Name hat mir noch nie so richtig gefallen. Er ist altmodisch und alltäglich. Es gibt schönere Namen, welche mit Klang und wo man sich gleich was Besonderes vorstellen kann. Paul ist langweilig. Aber die Sprotte, was hat sie komisch zu fragen? Wenn ihre Freunde modernere Namen haben, na schön, ich heiße Paul. Soll sie sich einen suchen, der meinetwegen Santaklara heißt.

Sie scheint zu erraten, was ich denke. Sie wird langsam rot, zum ersten Mal, seit ich sie kenne. Ihr Kopf macht eine kleine verlegene Bewegung. Der Eimer schaukelt und quietscht. Wir wissen beide nichts mehr zu sagen. Nach einer Weile lächelt sie scheu. »Ihr Gesicht ist finster.«

»Machen vielleicht die Wolken.«

»Ob's regnen wird?«, fragt sie und hebt ihr Kinn. Das Kinn ist rund, der Mund ganz wenig geöffnet. Die Lider haben kurze, sehr dichte Wimpern. Ich denke nicht mehr an meinen Namen, möchte ihr schnell etwas Gutes sagen. Da meint sie sachlich: »Solange der Wind bleibt, gibt es keinen Regen.«

Ich nicke und sammle flugs meine Gedanken. Sie dreht sich halb zur Pumpe. »Ich will mal weitermachen. Sind Sie nach dem Mittag irgendwo zu finden?«

»Im Lager.« Und als ich gehen will, sagt

sie halblaut: »Tschüs«, und dann, mit lustigen Augen: »Paul.«

»Ja, tschüs – «

»Ich heiße Haik.«

»Hai – ?«

»Haik.«

Ich verlasse das Wiesenstück und trabe die Straße hinauf und habe dauernd den Namen im Ohr. Haik. So kurz wie Paul und doch ganz anders. Haik und Paul. Das klingt ganz gut zusammen. Wer wird ihr den Namen gegeben haben? Der Delikatessenvater vielleicht? Oder die Mutter, die Fischerstochter von Hiddensee? Bestimmt die Mutter. Dem Mann, der Delikatessen verkauft, trau ich so viel Phantasie nicht zu. Und Phantasie gehört wohl zu solchem Namen. Auch wenn man ihn bloß hört. Haik, denke ich, so ganz anders als Paul, und trotzdem klingt's gut zusammen.

In die Straße münden kleine Wegschwestern. Eine von links, vom Weststrand, und zwei vom Bodden. Wo sie sich treffen, liegt das Zentrum des Ortes. An der Ecke zum Weststrand protzt ein getünchtes hässliches Hotel. Gegenüber, halb im ersten Boddenweg, schaukeln vor einer Andenkenbude aufgeblasene Gummitiere. Zwischen den Wegen steht ein Lebensmittelgeschäft der HO. Die große Straße führt weiter nach Norden, zum Bodden hin offen wie ein Landweg: Wiesen,

Bäume, Binsenkraut, Wasser. Die Insel ist schmal an dieser Stelle; noch schmaler wird sie kurz vor Kloster.

Ich kaufe zwei Büchsen Ölsardinen. Brot habe ich noch im Zelt, Tee und Speck auch. Viel mehr braucht man ja nicht. Ich verstaue in jeder Hosentasche eine Dose und trolle mich in Richtung Bodden.

Ein Stück vorm Hafen hat man ein sauberes, solides Holzhäuschen hingebaut, viereckig, die Bretter gebeizt und gelackt. Das Häuschen steckt voller Bücher. An der Wegseite glänzen zwei Schaufenster, sorgsam mit Büchern ausgelegt. Vor dem ersten Fenster stehen die beiden Künstler, der Tänzer in einem giftgrünen Parallelo, der Maler wieder mit den Himbeerhosen.

Ich höre den Tänzer sagen: »Alles Käse, langweilig«, darauf den Maler: »Sie hatten auch schon Krimis.«

»Na ja, mal.« Der Tänzer lümmelt sich gegen die Wand. Er mustert mich müde, hochnäsig; ich erschrecke ein bisschen vor seinem Mund. Der Kerl sieht nicht schlecht aus, hat ein helles Gesicht. Aber der Mund ist zum Draufschlagen. Die Lippen sind voll und gemein. Das ganze Gesicht wird von den Lippen beherrscht. Dazu dann die goldenen Stirnlocken.

Der dickliche Maler mit seinem Borstenhaar macht keinen bestimmten Eindruck. Er könnte ein mittlerer Koofmich sein.

Ich gehe schnell vorüber. Meine frohe Stimmung macht sich davon. Ich denke dran, wie Haik die beiden verteidigt hat, gestern, auf dem Dünenweg, und es steigt mir sauer hoch. Der Maler stört mich weniger. Aber der Tänzer, dieser blasierte Windhund. Mit dem war Haik am Südstrand! Ich möchte umkehren und ihm dafür eine geben. Ich kriege eine biestrige, beißende Wut. Und Haik, was gefällt ihr denn an diesem Lumprich? Irgendwas muss ihr doch an dem Kerl gefallen. Vielleicht gerade das, was ich an ihm gemein finde. Das soll es geben.

Ich merke, wie mein Geigenhimmel trübe wird. Ich beginne zu zweifeln. Ich zweifle an Haik, an dem, was vorher war und was ihr Mund gesagt hat. »Paul«, hat ihr Mund gesagt. Aber nun? Ich komme nicht mehr zurecht. Ob sie ein Luder ist? Haik? Dann gehört es dazu, dass sie Paul sagt. Und zwei, drei Jungen um sich rum, und alle wedlig wie dumme Pinscher, das gibt ihr vielleicht erst den richtigen Spaß.

Zu Hause habe ich einen Kumpel, der hat sich mit so einer abgeplagt. Ins Kino eingeladen, Eis spendiert, Konfekt geschenkt, Mätzchen gemacht, um sie den andern auszuspannen. Sie hat sich alles schön gefallen lassen, und von den andern hat sie sich's auch gefallen lassen – bis ihr mein Kumpel eine geklebt hat. Aber los ist er von ihr heute noch nicht. Und ich – und Haik? Ich kann nicht glauben, dass sie ein Luder ist. Doch bitter schmeckt es schon, den Tänzer und Haik in einem Gedanken zu haben.

So gehe ich und grüble ich.

Der Hafen lenkt mich ein wenig ab. Auf dem sandigen Platz, der mit drei Wasserfronten in den Bodden reicht, treibt in beschaulicher Ruhe das Alltagsleben der Insel. Am rechten Bollwerk hat ein Klütenewer festgemacht, ein flaches Schiff mit stumpfem Bug, schwarz in Farbe, und zwischen den Luken ein hölzerner, windschiefer Mast. Der Klütenewer bringt Proviant. Sein Laderaum strotzt von Kisten, Säcken und Kohlköpfen. An der linken Wasserfront des Hafenplatzes schlafen dicke Fischkutter paarweise nebeneinander und in den Masten die dunklen Bahnen der aufgeholten Netze. Das Bollwerk voraus ist frei. Dort wird der Dampfer anlegen, dessen weißer Rumpf, noch weit im Bodden, soeben Kurs auf den Hafen nimmt.

Ich schiebe mich halb auf einen der massigen Holzpfähle am Bollwerk und betrachte das müßige Völkchen der Badegäste. Nirgendwo wird so viel herumgestanden wie am Hafen. Kaum jemand hat etwas Bestimmtes vor. Ich auch nicht. Nur der böige Wind kann nicht schnell genug den Staub in grauen Wolken davontragen. Die Kopftücher der Frauen flattern. Ein Hut geht ab und rollt auf der Krempe, verfolgt von schadenfrohem Geschrei. Der Dampfer kriecht indessen auf das Bollwerk zu. Dünne Stangen, die zerzauste Reisigköpfe tragen und umgekehrten Besen gleichen, markieren den Verlauf der Wasserstraße.

Vom Bücherhäuschen schlendern die beiden Künstler herbei. Der Tänzer setzt die Füße spielerisch nach außen, der Maler trottet wie ein Bär. Sie bleiben in meiner Nähe stehen und schauen erwartungsvoll dem Dampfer entgegen. Als das Schiff ganz nahe ist, reißen sie ihre Arme hoch, und der Tänzer stößt den Jagdruf der Nudisten aus.

Der Dampfer quillt über von Menschen, er schwankt wie eine lebende Riesentraube. Ich kann nicht erkennen, wem der Jagdruf galt. Es interessiert mich auch nicht besonders. Der Dampfer schreit jetzt wie ein Stier; aus seinem Sirenenschlund schießt ein rauchiger Pilz. Die Leute schreien mit und halten sich die Ohren zu. Zwei Leinen fliegen an Land, das Hinterschiff schaukelt sachte herum. Dann liegt der weiße Rumpf am Bollwerk fest, und über den Landesteg stolpern die neuen Gäste der Insel, schleppen Koffer und Kinder, und es gibt viel Lachen und noch mehr Geschimpf.

Ich rutsche von meinem Pfahl, spaziere näher. Die Künstler drängen ins dichteste Gewühl. Sie kehren mit einem zweirädrigen Karren zurück, auf den drei Säcke aus Segeltuch geschnallt sind. Sie fuhrwerken kreuz und quer, und der Karren rammt mir gegen die Beine. Ich springe zur Seite, schreie »Hee!« Mein Schienbein sticht wie verrückt. Die Künstler glotzen mich an und grinsen hilflos, der Maler sagt: »Pardon.«

»Paardong«, rufe ich wütend, »passt lieber auf!«

»Wie freundlich«, säuselt der Tänzer und lacht mit weißen Pferdezähnen.

In dieser Minute tritt der Besitzer des Karrens auf. Das ist ein Junge in meinem Alter, hochgewachsen, schlank, mit kräftigem Kinn und düsteren schönen Augen. Er trägt Kordhosen, breitgerippt, darüber einen braunen Anorak. Sein heller Schopf wächst pelzig in den Nacken.

»Heh, Alf«, grölt der Tänzer, »dein süßer Karren bringt uns Scherereien mit dem Publikum!«

Ich drehe den Kopf, als wollte ich den Männern zusehen, die den Klütenewer entladen. Ich habe keine Lust, mich zu streiten, und mit dem Tänzer schon lange nicht. Wenn ich mit dem mal etwas mache, dann links und rechts in die Backen.

Während ich in den Schiffsbauch blicke, höre ich die drei hinter mir erzählen. Nach einer Weile fragt der Junge mit dem Karren: »Wo ist der Zeltplatz, weit von hier?«

»Nee«, sagen die beiden andern, »schaffst du gut alleine.«

»Was denn, ihr kommt doch mit?«

»Nee, wir haben was anderes vor.«

»Ich dachte, ihr würdet ein bisschen helfen.«

»Nee. Wir müssen nach Kloster, dringende Geschäfte.« Der Tänzer feixt glucksend.

»Ihr Tüten, Mensch. Ist wenigstens schau, was ihr habt?«

»Es geht«, sagt der Tänzer faul.

»Und wie sieht's sonst aus?«

»Drei minus. In dem Nest hier ist was, putziger Käfer. Aber schwer ranzukommen, nicht, Dicker?«

»Ja, schwer«, versichert der Maler.

Sie sprechen von Haik. Sie sprechen so, wie ich es mir gedacht habe. Der Tänzer, dieser Lumprich, soll sich vorsehen!

Ich will nichts mehr hören und gehe los. Dicht am Bollwerk entlang, dann den Boddenweg hinunter nach Süden. Wo Haik mir gestern begegnet ist, lege ich mich lang ins Gras und träume mit den jagenden Wolken.

Der Wind harft durch den Himmel, singt in den Gräsern, bläst mir ins Haar. Ich sehe die Wolken fliegen, höre den Schrei der Möwen, zerweht und wild und manchmal traurig wie das Greinen eines Kindes. Ich werde still, mein Herz wird still, und nichts ist mehr da, nur die Wolken, der Wind und die Möwen – und Haik.

« De Wind lauft durch den Himmel, singt in den Gräsern. »

Eine halbe, eine ganze Stunde habe ich so gelegen, da wird mir der Rücken kalt, und mein Magen meldet Hunger. Auch der schönste Traum verblasst, vergeht, verrinnt wie Wasser im Sand, wenn er kein friedsames Zuhause hat. Ein kalter Rücken rebelliert, ein leerer Magen nicht minder. So lass' ich ihn fahren, meinen Traum, und mache mich auf zum Lager.

Ich schreite schnell aus, stemme mich gegen den Wind. Die Heide schüttelt ihr karges Gesträuch, und zierliche Birken neigen sich tief mit winkenden grünen Zweigen. Ich marschiere querfeldein, komme von Süden her ins Lager und sehe gleich, was sich bei meinem Zeltplatz tut.

Dort steht der Karren vom Hafen, ohne Gepäck. Daneben liegt ein Zelt, liegen Stäbe, Heringe, eine Matratze und der unförmige Bootssack. Die Sportler sind nicht da, das junge Ehepaar anscheinend auch nicht. Der Besitzer des Karrens, der Junge mit den düsteren schönen Augen, hockt vor seinen Siebensachen und mustert mich flüchtig und ohne Interesse. Erst als ich haltmache und den Eingang meines Zeltes zurückschlage, hebt er grüßend die Hand: »Tag, Herr Nachbar. Wir sind uns schon am Hafen begegnet, wa? Ist der Platz hier gut?«

»Es geht«, sage ich, »trocken ist er jedenfalls.«

Ich räume meinen Kocher ins Freie, setze Wasser auf, zerbröckle einen Erbswürfel und rühre ihn kalt an. Zwischendurch beobachte ich verstohlen den Neuen.

Er weiß offenbar nichts Rechtes anzufangen, weder mit sich noch mit der verknüllten Zeltplane. Er kramt seinen Rucksack aus, verstreut die Sachen lustlos um sich her, bringt dann ein kleines Radio zum Spielen und verbraucht schimpfend ein halbes Dutzend Streichhölzer, bevor seine Zigarette brennt. Das Radio plärrt wie ein Kindergrammophon; es plärrt Musik, die auf dünnen Beinchen springt und stolpert. Mein Nachbar raucht, ruckelt rhythmisch seinen Kopf und stiert dabei den kleinen Radiokasten an.

In meinem Topf wallt blasig das Wasser. Ich schütte den kalten Brei hinein, rühre weiter, lasse kochen. Der Dampf riecht gut nach kräftigen Gewürzen. Ich schmecke den Geruch im Gaumen. Mein Magen knurrt ergrimmt. Ich schneide Brot zurecht und fange an zu essen. Das Radio schweigt ganz plötzlich. Die brausende Stille von Wind und See erscheint mir tiefer als zuvor, kein Fiepen und Trompetenquäken stört sie mehr. Mein Nachbar erhebt sich und kratzt seinen Kopf, guckt zu mir her. Ich kann mir schon denken, was er will. Dann tritt er näher, und ein freundliches Lächeln erhellt seine düsteren Augen. »Schmeckt's?«

»Mal kosten?«, frage ich.

»Wär' nicht verkehrt«, sagt er.

Ich krame einen tiefen Blechteller hervor, gieße Suppe ein und deute auf den Brotkanten. Der Junge säbelt sich einen Flatschen ab. Dann schaut er mich an, beinah verlegen, hält in der rechten Hand das Brot und in der linken den Teller und sagt: »Eigentlich wollte ich was anderes. Du könntest mir mal helfen, ich bin das erste Mal beim Camping und finde mich mit dem Zeltdings nicht zurecht.«

Camping, denke ich, und lecke meinen Löffel sauber.

»Wenn du gegessen hast«, sage ich dabei, »können wir anfangen.«

»Das ist prima.« Seine Freude ist ehrlich, und Hunger scheint er auch zu haben. Ich folge dem Löffel, der emsig über den Blechteller kratzt.

»Schon lange da?«, fragt mein Nachbar zwischendurch. Es ist die Frage, die jedermann hier an jedermann stellt, sobald man sich nur guten Tag gesagt hat. Ich antworte, ohne zu überlegen, und frage ihn, wo er her sei.

»Berlin«, sagt er kurz, »und du?«

Ich denke nebenbei: Berlin, das hättest du gar nicht zu fragen brauchen, denn seine Freunde, die Künstler, sind ja auch aus Berlin – und höre mich sagen: »Ich bin aus der Niederlausitz, Braunkohlegegend, wirst du nicht kennen.«

»Doch, habe dort unten mal 'ne Reportage gemacht. Schwarze Ecke, wa?«

»Du bist bei der Zeitung?«

»Ja, vorläufig noch als Volontare.«

»Du meinst Volontär?«, sage ich.

Er grinst und stellt den leeren Teller hin. »Hat prima geschmeckt, dein Süppchen. Ich heiße übrigens Alf.«

»Ich Paul.«

»Gut, wollen wir anfangen?«

»Ja«, sage ich, »fangen wir an.«

Als das Zelt zur Hälfte steht, sehe ich Haik. Eigentlich sehe ich nicht zuerst Haik, sondern nur das Gesicht meines Nachbarn.

Wir sind gerade dabei, die Seitenschnüre einzuschlagen, da lässt er auf einmal seine Strippe samt Hering fahren, sodass ich den Zeltgiebel hart zu mir reiße, und wie ich unwillig frage, was denn los sei, kriege ich keine Antwort. Alf, der Volontare, stiert den Lagerweg hinauf. Sein Gesicht ist angespannt und ausdrucksleer. Es wirkt fast dumm in diesem steifen Starren, und ohne den Blick zu wenden, sagt er halblaut: »Guck doch, was da kommt!«

Haik ist schon sehr nahe, und der Wind trägt die Flügel der hausgewebten Jacke. Sie geht leichtfüßig und schnell, und die Korsarenhosen geben ihrem Gang die verwegene Anmut eines jungen, schönen Freibeuters. Das Haar schlägt um die Stirn wie schwarzes Fransenwerk. Ich habe die Zeltschnur längst aus der Hand gelassen, starre nun auch und sehe wahrscheinlich nicht weniger dumm aus als mein Nachbar.

»Wie geht's?«, fragt Haik. »Zuwachs im Camp?« Sie lächelt, erst zu mir, dann zu Alf. Der kriegt seine Augen nicht von ihr los, verneigt sich lässig und spricht: »Gestatten Sie, mein Name ist Sommer, Alf Sommer, Presse.«

»Presse, soso«, sagt Haik und kräuselt die Lippen, dreht sich dabei leicht in den Hüften und vergräbt die Hände langsam in den Hosentaschen. Dann mustert sie meinen Nachbarn ohne Scheu.

Ich kann nicht erkennen, ob sie ihn ernst nimmt oder sich über ihn lustig macht. Ich glaube aber, sie nimmt ihn ernst. In ihren Augenwinkeln glimmt ein winziges Licht, neugierig, herausfordernd, ein bisschen kokett. Und Alf, der Volontäre, lächelt. Er lächelt stumm, die Zähne halb entblößt, er wirbt und tastet und greift an. Er ist groß, er ist schön, er hat das bronzeklare Antlitz eines jungen Helden. Und das Mädchen dort ist nicht mehr Haik, wie ich sie kenne, ist nicht mehr die sichere, überlegene, hochgemute Haik. Das kokette Licht der Augen verglimmt; sie schauen verwundert, ein wenig aufgebracht, ein wenig hilflos, und sie fragen heimlich: Was ist los, du, was denkst du dir aus in deinem schönen Kopf?

Das dauert eine Sekunde, zwei, drei, vielleicht noch mehr. Ich zähle sie nicht, die Sekun-

den, ich durchlebe eine kurze Ewigkeit, in der
Haik dem andern zutreibt. Ich kann sie nicht
halten und schweige. Und Gedanken sind da,
die wütend aufbegehren, und Wogen eines ver-
wirrenden Schmerzes. Haik, denke ich, Haik! Da
wirft sie den Kopf, mutwillig, spöttisch, macht
sich frei. Ich höre wieder das Brausen und den
polternden Gang der See. Ich suche Haik, und
wir finden uns flüchtig in einem kleinen unsi-
cheren Lachen.

»Der Hammel«, sagt Haik, »der Hammel
war schon wieder verfitzt.«

»Schon wieder«, sage ich abwesend, und
dann: »Vielleicht ist die Leine zu lang.«

»Kann sein.«

»Man müsste sie mal kürzen.«

»Vielleicht müsste man es«, sagt Haik.

»Auf drei Meter kürzen.«

»Ich glaube auch«, sagt Haik. Doch sie ist
nicht bei der Sache. Ihre Augen sind unruhig, ihre
Bewegungen fahrig und manchmal betont gleichgültig. Jetzt, wie sie den Arm hebt und das Haar
zurückstreicht – das kommt nicht von selbst, ist
abgezirkelt.

Und der Volontäre beobachtet. Er hascht
mit schnellen Blicken nach Haik. Sie weicht ihm
aus, lässt sich nicht fangen. Sie spielt, ich sehe es
ihr an. Sie spielt wie die Katze mit der Maus, oder
umgekehrt. Wie soll es enden, das Spiel? Einer
muss verlieren. Vielleicht bin ich es, der verliert.

»Schon Mittag gegessen?«, fragt Haik.

»Ja«, sage ich.

»Was gab's denn?«

»Erbssuppe«, sagt der Volontäre. »Ein prima Koch, unser Paul.«

Du Heini, denke ich, wieso unser Paul, unser? Bin ich dein Paul? Und Haik, gehört sie schon so fest zu dir, dass du »unser« sagen darfst? Bildest du dir ein, Haik sei bloß gekommen, um mit dir anzubändeln? Hältst dich wohl für unwiderstehlich, weil du eine glatte Haut und ein viereckiges Kinn hast? Täusch dich bloß nicht. Ich bin auch noch da, ich! Aber was helfen diese Gedanken? Nichts; ich spreche sie nicht aus, verberge sie, trage nach außen ein harmloses, unbewegtes Gesicht und sage: »Wir könnten jetzt dein Zelt weiterbauen.«

»Ist gut«, sagt der Volontäre, »aber erst ein bisschen Musik.«

»Für mich nicht.«

»Aber für Sie?« Der Volontäre blickt auf Haik, ich auch. Sie schiebt den Mund vor, anscheinend wenig interessiert.

»Kriegen Sie denn etwas Vernünftiges ran?«

Er gockelt und spreizt sich. »Sie werden staunen.«

»Na, erst mal hören.«

Er schraubt an den weißen Knöpfen. Haik beugt sich nieder.

»Was ist mit dem Zelt?«, frage ich.

»Gleich«, sagt der Volontäre. Sein Kasten fiept und quietscht und röchelt. Haik lacht. Sie dreht mir den Kopf zu und lacht weiter. Ich kann nicht lachen. Ich verwünsche den Kasten samt Volontäre und gehe an mein Zelt, hole die Badehose. Sollen die beiden mit ihrem Quietschding glücklich werden.

Als ich auf dem Dünenweg bin, schreit jemand hinter mir her. Es ist Haik. Sie steht neben dem Volontäre und winkt. Ich winke zurück und gehe abwärts zum Strand, und jeder Schritt fällt mir schwer, als ginge ich in Ketten.

Der Strand ist leer. Die See reißt geifernd ihr Maul auf, schäumt tosend heran und wäscht den Sand blitzglatt. Aus ihrer Tiefe trägt sie eisigkalten Hauch.

Ich betrachte verärgert das brüllende Wasser. Vierzehn Grad wird es haben, oder bloß zwölf. Und ich will da hinein? Nein, ich will ja gar nicht, bin bloß weggelaufen. Und die beiden hinter dem Dünenhang, was werden sie jetzt machen? Ob sie Musik in ihrem Kasten haben? Ich bin weggelaufen. Ich bin ein Lämmerschwanz, gebe etwas auf, ohne zu kämpfen. Aber wie soll ich kämpfen, wie denn? Mit Blumen, mit Geschenken, mit schönen Worten? Das kann ich nicht, das will ich auch nicht. Also nun, wie soll ich kämpfen um Haik?

Ich streife die Schuhe ab und stapfe Muster in den glatten Sand. Er ist feucht, dunkel und erblasst immer dort, wo ich hintrete. Die See züngelt nach meinen Füßen, beleckt die Waden, flutet mit scharfem Zischen zurück. Sie kann mir nichts tun, so weit oben am Strand. Nur meine Muster löscht sie aus, schwipp-schwapp, und ich mache jedes Mal wieder neue. So haben wir beide unsern Spaß, die See und ich. Doch für mich ist es nicht der reine Spaß. Ich vertreibe die Zeit, vertreibe meine Gedanken. Es gelingt nur halb, denn wer kann schon vor sich selber fliehen?

Das Spiel mit der See macht meine Füße kalt. Sie werden an der Sohle taub und schmerzen im Spann wie bei einem Krampf. Ich schüttle sie aus, hüpfe, stampfe auf der Stelle. Von Weitem muss man glauben, dass ich einen Veitstanz habe. Da ruft mich Haik. Sie ruft »Paul!« und noch ein bisschen, was ich nicht verstehe.

Ich stoppe meine Sprünge und blicke zur Düne hoch. Haik ist allein. Sie hält den Kopf vorgestreckt und atmet gegen den Wind. Ihre Augen sind zwei schwarze Schlitze.

»Das Wasser ist kalt!«, schreie ich, um mein Gehopse zu erklären, wische den Sand von den Füßen und ziehe die Schuhe über.

»Was wollen Sie überhaupt am Wasser?«, schreit Haik zu mir herunter.

»Mal so.«

»Mal so?«

Ich bücke mich nach einer Muschel. Sie ist geschlossen, die bläulichen Schalen haften aneinander wie die beiden Hälften eines Herzens. Ich zeige die Muschel Haik. »Vielleicht ist eine Perle drin.«

»Eine schwarze!« Haik springt von der Düne und ist dann hochatmend neben mir. Wir betrachten die Muschel von allen Seiten, als wäre es die erste unseres Lebens. Wir tun grad so, als gäbe es nichts außer dieser Muschel, auch uns nicht. Als ich die Schalen aufbrechen will, berühren Haiks Finger meine Hand. »Nicht doch.«

Ich hebe den Kopf, Haiks Finger bleiben auf meiner Hand, und ihre Lippen, spröde und rauh vom Wetter, sagen: »Lassen Sie doch die Muschel ganz. Es bringt Glück, wenn man sie ins Meer wirft.«

»Da glauben Sie dran?«, frage ich.

»Warum nicht? Außerdem knackst es so komisch, wenn man sie aufbricht.« Sie hält mir ihre flache Hand hin, und ich lege die Muschel drauf. Der Arm holt aus, und wie ein flacher Strandstein schießt die Muschel durch die Luft und in die See.

»Da werden wir also jetzt immer Glück haben.«

»Immer nicht«, sagt Haik, »bloß einmal.«

»Kann man sich das aussuchen?«, frage ich.

»Nein«, sagt sie, »das kommt, wie es eben kommt.«

»Dann wird's wohl nie kommen.«

Haik lächelt, wickelt sich in ihre Jacke und steht wieder ganz wie gestern Abend. »Ihr Freund«, sagt sie dann beiläufig, »plagt sich mit seinem Zelt.«

»Freund? Der doch nicht.«

»Nicht? Ich dachte.«

»Ich kenne ihn kaum ein paar Stunden. Er ist der Freund von den beiden Künstlern.«

»Ach, wie komisch.«

»Ja, komisch«, sage ich und denke an das, was die drei am Hafen gesprochen haben. Sie weiß es nicht, wird es von mir auch niemals erfahren. Und wenn ich's ihr sagte, würde sie es nicht glauben. Ich schrecke aus meinen Gedanken, spüre, wie sie mich anschaut, sehr lange. Dann wölbt sich ihr Mund in leichtem Spott.

»Ihr Gesicht ist schon wieder finster.«

»Die Wolken –« Ich suche nach einem Lächeln.

»Warum sind Sie weggelaufen, vorhin?«

»Ich wollte baden.«

»Baden, soso. Und da geht man heimlich ab?«

»Sie hatten ja mit dem Quietschkasten zu tun.«

»Er spielt ganz nett.«

»Hier draußen nicht, hier plärrt er.«

»Darum sind Sie weggelaufen?«

»Ja, ich kann's nicht hören.«

Sie lächelt heiter. Sie glaubt mir nicht. Ich soll ihr schlankweg sagen, dass ich um ihretwillen fortgelaufen bin. Ich kann nicht sehen, soll ich sagen, wie du mit einem andern anbändelst, ich komme um vor Eifersucht, ich sterbe und so weiter. Das soll ich zu ihr sagen. Und dann? Dann kann sie triumphieren.

Ihr heiteres Lächeln verwirrt mich, macht mich ärgerlich, und ich klaube schließlich Steine auf und ziele damit nach den schaumigen Köpfen der See. Wenn ich treffe, sagt Haik »bravo«, treffe ich nicht, dann schreit sie »ha«. Ich strenge mich an und werfe mir den Arm lahm, doch meinen Ärger werde ich nicht los. Und die Sprotte, das kann mir keiner ausreden, ist lustig, weil ich nicht lustig bin. Sie guckt mir zu, und als ihr das zu langweilig wird, kommt sie neben mich und schreit: »Mal sehen, wer's am weitesten schafft!«

Mein Arm ist lahm, und sie hat einen scharfen Wurf. Sie kann's nicht schlechter als ein Junge. Ich treffe weiter, merke aber, wie es langsam nachlässt. Da ruft sie plötzlich »au!«, greift unter die Jacke und fühlt mit tastender Hand. Ich stehe dabei und lasse meine Steine einzeln durch die Finger klackern, suche besorgt in ihrem Gesicht.

»Ich habe mir den Arm verkickst«, sagt sie kläglich.

»Tut's weh?«, frage ich, und das klingt sehr dumm.

Aber was macht man denn, wenn ein Mädchen sich den Arm ver... wie hat sie's gleich genannt, ver... wenn ein Mädchen sich den Arm verkickst hat? Wie soll man ihr helfen? Sie steht ganz gerade, fällt nicht um; sie wird auch keine Ohnmacht kriegen. Im Kino geht so was immer sehr flott. Aber hier und mit Haik? Am besten, sie hätte nicht geworfen. Noch besser, der Volontäre wäre nicht gekommen. Der Volontäre ist überhaupt an allem schuld. Ich werde ihm eins husten, von wegen Zelt aufbauen. Soll es über ihm zusammenklappen. Doch hilft das Haik? Sie schaut mich plötzlich erschrocken an. »Ich glaube, der Arm wird dick.«

»Ei wei! Wo wird er dick?«

»Hier«, sagt sie und nimmt meine Hand und legt sie an ihren Oberarm. Der Pullover hört über der Schulter auf, und der Arm ist nackt unter dem weichen Stoff der Jacke. »Wird er dick?«, fragt Haik.

»Ich weiß nicht.«

»Drücken Sie mal.«

Ich drücke ohne Kraft, und sie macht wieder »au«.

»Am besten sind Umschläge«, sage ich.

»Wird's davon besser?«

»Bestimmt.«

Sie beugt vorsichtig den Arm. »Eigentlich geht's schon wieder, sehen Sie? War gar nicht so schlimm.«

Ich schaue von ihren Lippen zu den Augen und in das Gespiel der windzerzausten schwarzen Haare. Eine unendlich sanfte Stille ist da, eine Stille, die den Wind und das Meer übertönt, die mich hebt und trägt und keine Wünsche mehr lässt.

»Dann will ich mal gehen«, sagt Haik.

»Soll ich mitkommen?«, frage ich.

»Wenn Sie wollen?«

Wir gehen zusammen bis vor den weißen Katen, der seine Fenster hinter buschigem Holunder versteckt. Das Hammeltier hört auf zu grasen, starrt uns an und blökt. Seine Bernstein-augen glänzen leblos.

»Na, Dicker«, sagt Haik, und der Hammel blökt noch mal.

»Soll ich gleich die Leine kürzen?«, frage ich.

»Das wäre fein.«

»Oder haben Sie einen kürzeren Strick?«

»Schneiden Sie doch von dem hier die Hälfte ab.«

»Schade drum.«

»Schade?«

Sie begreift nicht, dass es mir leid tut, den Strick zu zerschneiden. Ein schöner, dreifach ge-drehter Hanfstrick, und man kann ihn bestimmt noch anderswo gut verwenden. Daran denkt Haik nicht. Die Hammelschnur soll kürzer werden, also schneidet man die Hälfte ab. So einfach geht das bei Haik. Sie fragt: »Kein Messer?«

Ich sage: »Nein, aber es ist schade um den Strick.«

Ohne darauf zu hören, läuft sie zu einer schwarzen Tür an der Ecke des Katens. Dahinter liegt ein Stallraum. Die Tür sperrt eine Armlänge auf. Haik greift um die Ecke und zeigt mir eine rostige Sichel. »Geht das zum Schneiden?«

Ich nehme ihr die Sichel aus der Hand und befühle die Schneide. Sie ist schartig und stumpf. Gras kriegt man damit wohl nicht mehr ab.

»Na los«, sagt Haik, »versuchen wir's.«

Bevor ich ihr folge, blicke ich in den Stall

und entdecke auf einem Holzstapel den Strick, den ich suche. Nicht mehr neu, doch haltbar und gerade in der passenden Länge. »Da haben wir ja was«, sage ich zu Haik, und sie lächelt über meinen Eifer.

Ich verknote den Strick am Halsleder des Hammels und an dem eisernen Tüderstock, löse das lange Hanfende, rolle es sauber auf.

»Der reine Hausvater«, sagt Haik.

»Halb so schlimm. Aber es wäre schade gewesen um den Strick.« Und weil sie nichts erwidert, mich nur anschaut, den Kopf ein wenig geneigt, sodass mir der Rollkragen meines Pullovers zu eng wird, frage ich: »Was macht denn der Arm?«

»Der Arm?«, fragt Haik. »Ach so, der Arm.« Sie guckt überrascht, sie hatte den Arm vergessen.

Nachher sagen wir uns »tschüs«. Ihre Hand ist klein und kalt. Ein Weilchen ruht sie bei mir aus. Ich lasse sie frei, und die Hand huscht wie ein braunes Mäuschen in den anderen Ärmel. Die Gelenke gekreuzt und beide Hände versteckt, bleibt Haik dann stehen, als sei ihr plötzlich etwas eingefallen. »Tanzen Sie eigentlich?«

Tanzen? Ich hebe unbestimmt die Schultern. Ich tanze, ja, aber nicht besonders gut. Es reicht für zu Hause, wenn Geburtstag oder Hochzeit gefeiert wird.

»Wir gehen jeden zweiten oder dritten Tag«, sagt Haik. »Wollen Sie nicht mit, heute? Es ist jedes Mal sehr lustig. Wir sind ein ganzes Rudel.«

Ich hebe wieder die Schultern. Ein ganzes Rudel. Ich weiß ungefähr, wie das ist. Und ich bin fremd in diesem Rudel, kenne bloß Haik. Ich würde tanzen gehen, sehr gern sogar, mit Haik und ohne Rudel, nur Haik und ich und keiner weiter dabei. So würde ich jeden Abend tanzen gehen, meinetwegen. Aber im Rudel?

»Wer ist denn da mit?«, frage ich zögernd.

»Ach, verschiedene.«

»Die Künstler?«

»Meistens sind sie da, ja. Aber das braucht Sie nicht zu stören.«

Die Künstler, denke ich, der Tänzer. Ich mit dem Tänzer an einem Tisch?

»Ich tanze nicht gut«, sage ich.

»Dann lernen Sie's.«

Wie einfach für Haik. Du kannst nicht tanzen? Dann lernst du's eben. Die Künstler? Brauchen dich nicht zu stören. Und überhaupt, mach dir nicht immer so viel Gedanken. Für Haik ist alles einfach.

»Sie gehen mit, nicht wahr?«

»Aber Ihr Arm«, sage ich, »und einen Anzug habe ich auch nicht hier.«

Sie schnaubt durch die Nase. »Anzug. In der Inselbar doch nicht.«

»Aber Ihr Arm«, fange ich noch einmal an. »Und wo ist denn das, die Inselbar?«

»In Kloster. Wir gehen um sieben los.«

»Um sieben«, sage ich. »Von wo?«

»Vom Hotel, vorn an der Ecke.«

»Mal sehen, vielleicht komme ich auch nach, ich muss erst noch sehen –« So rede ich drumherum und sage ein zweites Mal »tschüs« und drücke mich ohne feste Entscheidung weg.

Ich laufe hoch zum Strand, die Hände in den Hosentaschen, den Kopf gesenkt. Was soll ich in der Inselbar? Was soll ich, wo das Rudel ist? Ich will kein Rudel, ich will Haik. Doch Haik geht mit dem Rudel tanzen –

« Die See züngelt nach meinen Füßen. »

Der Wind flaut ab, verliert sich brummend in den Wolken. Nur ab und an schickt er noch harte Stöße. Die springen plötzlich auf, bösartig, drohend, und schlagen den biegsamen Strandhafer, dass die Stengelchen silbrig schimmernd taumeln.

Der Dünenweg belebt sich. Man promeniert, schöpft Luft, vertritt sich die Beine nach dem ausgedehnten Mittagsschlaf. Junge und ältere Paare hocken vermummt in den Strandkörben, und einige sehr mutige Gäste lassen sich von der See den Kopf waschen. Ich gehe nach Süden und merke erst jetzt, dass der Wind beinah glatt von hinten bläst. Er ist umgelaufen auf Nord. Vielleicht läuft er weiter bis Ost und schiebt über Nacht die Wolken weg, sodass wir morgen blaue See und Sonne haben. Schön wäre es ja.

Angenommen, es wäre – was mache ich dann? Was fange ich an mit dem lieben langen Tag? Baden? Wandern? Faulenzen? Oder alles auf einmal? Ich spiele mit meinen Gedanken, nehme sie nicht ernst, denn es ist noch so viel

Zeit bis morgen. Eins aber wird mir plötzlich gewiss: Ich habe keinen Gedanken mehr ohne Haik. Ich überlege nichts, ohne nach ihr zu fragen. Ich kann mir nicht einmal mehr vorstellen, wie ein Tag, ein schöner, blauer, sonnenheißer Tag, ganz ohne Haik vergehen soll.

Und heute Abend wird sie tanzen. In der Inselbar. Die Künstler werden dort sein. Vielleicht auch der Volontäre. Und ich – ich?

Auf dem Lagerplatz probiert einer Kunstradfahren; er sitzt auf der Lenkstange und kurvt. Die Sportler und ein paar Mädchen machen »Müdematt-marode«; sie werfen sich einen riesengroßen Badeball zu, und wer ihn nicht fängt, ist müde oder matt oder eben aus. Eine ganze Zeltfamilie baut ab, Fahrradgarage, Speisekammer, Wohnlaube, alles wird umgelegt und verpackt. Nur das Schlafzelt, groß wie ein Flohzirkus, bleibt stehen für die Nacht. Morgen früh geht der Dampfer. Mein Dampfer geht in sieben Tagen.

Das Zelt des Volontäre hängt müde in der Verspannung. Es hält sich aufrecht wie ein alter Sägebock. Der Eingang ist verschnürt, der Volontäre abgeschwirrt. Neben meinem Zelt liegt ungeöffnet der Bootssack. Ich betrachte mir die Geschichte, teils schadenfroh, teils ärgerlich. Ein feiner Campingbruder, dieser Volontäre; keine Ahnung und keine Liebe zur Sache, aber Kofferradio.

Weil ich nichts anderes vorhabe, mache ich mich bei und trimme das Zelt zurecht. Ich reiße

die Heringe einen um den anderen aus dem locke-
ren Erdreich und schlage sie neu ein. So wird aus
dem Sägebock ein manierliches Zelt. Ich spanne
gerade das vordere Halteseil nach, als der Volontare angeschlackert kommt. Seine Hosen und
die Brusttasche des Anoraks beulen sich wie von
schweren Steinen. Unter dem Arm trägt er ein
Brot.

»Das ist nett von dir«, sagt er.

»Du hast wohl noch kein Zelt gebaut?«,
sage ich.

»Nee, keine Spur. Ich bin dazu gekommen
wie die Jungfrau zum Kind, haha.« Und während
er seine Taschen leert – Fleischbüchsen, Käse,
Butter, Wurst, Bier –, erzählt er mir: »Du weißt
ja selber, wie das mit den Ferienplätzen manchmal ist. Wir hatten ein Zweibettzimmer, ein
Freund von der Zeitung und ich, und der hat 'ne
Verlobte, und weil er mit ihr gern mal Urlaub im
Heim machen wollte, hat er mir seine Ausrüs-
tung gepumpt. Mir war das ganz recht, ich habe
hier ein paar Bekannte, hast ja schon gesehen, die
beiden.«

»Ja«, sage ich, »die Künstler, wie?«

Er grinst. »Na ja, woll'n mal welche werden.
Aber das Zelt hast du mir prima hingebumst.«

»Lernst du auch noch«, sage ich.

»Schluck Bier haben?«, fragt er.

»Wenn du was übrig hast.«

Wir trinken beide aus einer Flasche. Der
Volontare gefällt mir besser als vorhin. Eigentlich

ist er gar kein Campingbruder, so einer von der dussligen Sorte. Vielleicht spinnt er ein bisschen, aber sonst ist er nicht verkehrt. Bloß Haik, sein freches Gaffen, das kann ich ihm so schnell nicht vergessen. Und ganz ehrlich: Ich fürchte seine Konkurrenz.

Er drückt den Verschluss über die Bierflasche und fischt sich von irgendwo eine Zigarette. Ehe sie brennt, verstreut er wieder ein halbes Dutzend erloschener Streichhölzer und schimpft auf den Wind. Dann sagt er bestürzt: »Ach, entschuldige, ich habe dich vergessen. Rauchst du?« Die Zigarette schaukelt zwischen seinen Lippen; beim Ziehen tritt das Kinn hervor. Er raucht tief und stößt den Qualm in einer dünnen Fahne aus. Er wirkt sehr männlich, überlegen. Ich bin daneben unscheinbar, und rauchen tu ich auch nicht.

Er sagt: »Das soll gesünder sein.«

»Mir schmeckt's nicht«, sage ich.

»Liegt auch viel an der Arbeit. Du hast'n ruhigen Job, wa?«

»Gar nicht so ruhig.«

»Aber Zeitung«, sagt er, »das ist 'ne Nervenmühle. Ich qualme manchmal zwanzig Dinger am Tag.« Er kräuselt dabei die Stirn, als sei er mindestens Chefredakteur.

»Da wirst du bald keine Puste mehr haben.«

»Es reicht noch«, sagt er. Danach knüttelt er den Zelteingang auf und trägt den Proviant hinein. Von drinnen fragt er: »Was macht man denn hier den ganzen Tag? Kommt mir 'n bisschen langweilig vor, die Insel.«

»Du kennst sie ja noch gar nicht«, sage ich.

»Na ja, was man so sieht.« Er kriecht aus dem Zelt und hat schon wieder den Quietschapparat am Wickel. »Die Kleine vorhin«, fängt er dann an, vorsichtig und wie nebenbei, »die war ganz nett. Kennst du sie schon lange?« Der Quietschkasten faucht und rülpst. »Schlechter Empfang, muss an der Luft hier liegen«, sagt der Volontäre und dreht den Kasten missmutig aus.

»An der Luft liegt's, ja«, sage ich und lache mir heimlich eins.

»Kennst du sie schon lange, die Kleine?«, fängt der Volontäre von Neuem an, nachdem er sein Radio ins Zelt bugsiert hat. »Ich fand sie schau. Für 'n Urlaub gerade das Richtige.«

So siehst du aus, du Pinsel, für 'n Urlaub gerade das Richtige. Für dich zu schade, ja, und auch zu hoch. Auf Blender wie dich segeln bloß Suschen rein, aber nicht Haik.

»Brauchst keine Angst zu haben«, sagt der Volontäre, »ich will dir nicht in die Quere kommen. Aber schau ist die Kleine. Hat Schmiss, weißt du? Wie du an die rangekommen bist −« Er mustert mich anerkennend, und ich schwanke zwischen eitler Würde und aufbrodelndem Ärger. Ein frecher Hund, der Volontäre, und gleich so vertraulich. Er soll seine schöne Nase sonstwohin stecken. Doch er pflaumt schon weiter: »Das traut man dir gar nicht zu.«

»So?«, sage ich.

»Eingeschnappt?«

»Ich doch nicht.«

»Dann ist's gut.«

Wir sprechen nicht mehr von Haik, und ich vergesse bald, was mich gegen den Volontäre aufgebracht hat. Es ist anders als beim Tänzer. An den brauche ich bloß zu denken, da kommt mir der Kaffee hoch. Den Volontäre finde ich manchmal in Ordnung wie einen Kumpel, den man schon lange kennt. Er ist offen, hat keine Hintergedanken, und sein loses Maul stört mich nicht, solange er Haik aus dem Spiel lässt. Ich merke auch, dass er mich für voll nimmt, vielleicht schon deshalb, weil er vom Zelten keinen Dunst hat.

Als wir das Faltboot aus dem Sack ziehen und zusammenbauen, schimpft er auf seine Freunde. »Die Tüten«, sagt er, »lassen mich hier alleine wurschteln. Ohne dich wäre ich aufgeschmissen. Was machst du denn nachher?«

»Nichts.«

»Und heute Abend?«

»Wohl schlafen«, sage ich.

»Nicht ein bisschen losgehen, mit der Kleinen?«

»Mal sehen.«

»Habt ihr euch verkracht?«, fragt er. »Vielleicht wegen mir?«

»Nee, nee«, sage ich.

»Meine Leute sind in Kloster. Inselbar heißt

der Bums. Es soll allerhand Remmidemmi dort sein.«

»Ich kenn's nicht.«

»Wenn du mit der Kleinen nichts vorhast, dann komm doch mit. Wir wollen uns da treffen.«

»Halt mal die Latte fest«, sage ich. »Die Dinger passen nicht richtig, sind verquollen.«

»Ich hätte den Kahn gar nicht mitzuschleppen brauchen. Bei dem Wellengang hier.«

»Immer ist er nicht so.«

Wir legen das fertige Boot kieloben zwischen unsere Zelte, vertrödeln dann die Zeit, und der Volontare stelzt zwischendurch im Lager hin und her, um Ausschau nach hübschen Mädchen zu halten. Der Nachmittag vergeht, ohne dass ich es recht gewahr werde; Graulicht zieht herauf und nistet sich in die schwerfällig treibenden Wolken. Wir machen uns Abendbrot, kochen auf meinem Stinker Tee. Der Volontare spendiert aus seinem Vorrat Schinkenknacker. Wir kauen schweigend vor uns hin. Ich halte jeden Gedanken fest, der mir nach Kloster entwischen will. Die Uhr ist über sieben. Ich habe Haik allein nach Kloster gehen lassen. Ich habe dauernd an sie gedacht und bin im Lager geblieben. Nicht mitgegangen. Warum?

»Kau mal schneller«, sagt der Volontare plötzlich. »Wir ziehen gleich ab.«

Ich antworte nicht und kaue nicht schneller. Ich gerate in Ärger, und das drückt wie eine lähmende Last. Warum bin ich nicht mitgegangen? Habe ich etwas davon, bringt es mich näher zu Haik? Der Volontäre wird gehen, nachher, und wenn ich nicht dabei bin, wird er vergessen, dass Haik und ich – Und Haik, wird sie es auch vergessen? Ich bin der reine Blödian, ich helfe mit, dass Haik dem andern in die Arme segelt. Ich sperre mich, weil mir das Rudel nicht passt, weil mir der Tänzer nicht gefällt, weil ich glaube, in solcher Runde nicht heimisch zu werden. Was tut das aber schon? Es geht um Haik. Ich habe sie nach Kloster laufen lassen, allein. Ich bin ein dreimal verdrehter Blödian.

»Was ist«, sagt der Volontäre, »du pennst noch ein über deinem Knacker. Wo kann man sich die Hände waschen?«

»Am Strand. Die Pumpe ist bloß für Trinkwasser.«

Er rennt trotzdem zur Pumpe, wäscht sich und treibt mich zur Eile. Weil der Weg kürzer ist und weil's dort ohne nasse Füße abgeht, renne ich ebenfalls zur Pumpe. Als ich zurückkomme, steht der Volontäre in voller Gala: Niethosen und darüber eine Art Hemd, das seitlich unter dem Kragen geschlossen ist.

Er gibt mir Fett für die Haare. »Dann liegen sie besser und werden auch dunkler. Pullover behältst du an. Runde Schultern haben die Mädchen gern. Lange Hosen hast du?«

Ich habe, aber keine mit Nieten. Einfach Hosen, wie sie im Konsum dreiunddreißig Mark kosten. Meine Windjacke klemme ich unter den Arm, dann ziehen wir los.

Wir laufen den einsamen Dünenweg hoch. Von der See weht Luft, die salzig schmeckt. Sie nässt das Haar und benetzt den Pullover mit schimmernden Perlchen. Ich ziehe meine Jacke über. Der Volontäre macht lange Beine, als hätte er einen Zug zu verpassen, versichert aber mehrmals, solch ein Spaziergang wäre schau. Mir wird indessen warm, und als es nach Kloster hinein bergauf geht, ziehe ich meine Jacke wieder aus.

Die Straße wird ziemlich breit und ist von dichtbelaubten Bäumen gesäumt. Sie erinnert an die Villenviertel der Städte. So oft sich ein Durchblick nach Norden öffnet, sieht man das Hochland und einsam vor den Wolken das runde Haupt des Leuchtturms.

« Baden? Wandern? Faulenzen? Oder alles auf einmal? »

Die Inselbar liegt mitten im Ort. Wir stehn schon davor, da suche ich noch immer die Bar. Ich bin ein bisschen enttäuscht, habe mir etwas anderes eingebildet. Etwas mit Messing, Nickel und Schwingtür, etwas mit viel Glanz. Das hier ist ein zweistöckiges Haus, groß, düster, dem Erdgeschoss vorliegend eine verglaste Terrasse. Die Fenstervorhänge sind geschlossen. Durch das Gewebe sickert Licht, und brodelndes Geräusch von rhythmischer Musik, schurrenden Füßen, von Gläserklang, Lachen und Stimmengesurr zerwalkt die Stille unter den dunklen Bäumen der Straße. Der offene Windfang blendet hell. Daneben, nach rechts, ist angebaut, ein Endchen Mauerwerk mit schmaler Tür. Über der Tür glimmen rot und grün die Positionslaternen eines Schiffes. »Kajüte« heißt der kleine Bau. Der Volontare sagt: »Nicht schlecht. Und nun mal rin.« Er hat gut reden, er geht eben rein. Ich folge ihm durch den Windfang, zögernd und ohne Mut.

Drinnen sieht's aus wie in einem mittleren Café. An der Fensterseite Tische, dann ein Gang, dann wieder Tische und dann die Wand. Ganz hinten die Tanzfläche, die Kapelle in der äußersten Ecke. Von einer Bar nichts zu entdecken. An der Seitenwand eine Treppe, drei, vier Stufen und Holzgeländer. Vielleicht geht's dort zur Bar.

Wir sind am Eingang stehen geblieben. Es ist Tanzpause und nichts weiter los. Ich gucke dem Volontäre über die Schulter. Der tritt auf, als gehöre das Lokal von jetzt an ihm. »Lahmer Laden«, meint er geringschätzig. »Alles Pärchen.« Ich wundere mich, wie er das so schnell herausgefunden hat. Sein Blick ist anscheinend auf solche Sachen gedrillt. Ich suche beklommen nach Haik.

»Möchte wissen, wo die Tüten sitzen«, sagt der Volontäre. »Da hinten scheint's noch weiterzugehen.«

»Wo?«, frage ich.

»Bei der Kapelle, nach rechts. Da rennen dauernd welche hin, siehst du nicht?«

Ja, ich sehe, und ich steige dem Volontäre nach, der selbstsicher durch den Gang und über die leere Tanzfläche schreitet. Die Treppe mit Geländer führt tatsächlich zur Bar. Das also nennt man Bar; ein Stübchen, ein Ausschank, Hocker mit stelzigen Beinen. Und auf den Hockern krumme Rücken. Bar, denke ich, da bist du also jetzt in einer Bar.

»Hee«, schreit der Volontäre auf einmal, »in welche Ecke kriecht ihr noch?« Er hebt die Arme wie ein Mann, der eine Predigt halten will.

Er hat das Rudel gefunden.

Ich gehe an seine Seite und sehe im Winkel eine große Nische. Über dem runden Tisch, von gelbem Ampelschein umflossen, schwimmen sechs oder acht Köpfe. Mädchenköpfe, Jungenköpfe, braune, blasse, rote, und allmählich kriegen diese Köpfe dann Gesichter. Ich erkenne den Tänzer, den Maler, ich sehe ein sanftäugiges Mädchen, daneben ein Jungchen, ganz in Schwarz. Ich sehe weiter ein Apfelgesicht, rotbäckig, frisch, und ich sehe Haik. »Deine Kleine, nanu.« Der Volontäre stößt mich in die Seite. Er ist verblüfft, ich merke es an seinem schnellen Blick.

Wir begrüßen das Rudel und lassen uns begrüßen. Ich drücke viele schwitzige Hände. Die Gesichter glänzen heiß und lachen. Auf dem Tisch stehen Stampfer mit Schnaps, Schalen mit Likör, Bier. Die Stickluft schwirrt von schnatternden Stimmen. Wir heißen Paul und Alf; die andern heißen Fred und Bob und Chris, sie heißen Gitta, Gaby, Katerin. Nie habe ich so viele Namen gehört, und nie waren mir Namen so fremd. Aber lustig ist der Verein. Die Mädchen tragen Federn im Haar, weiße, graue, bunte; sie tragen das Zunftzeichen der Nudisten, hier in der Bar wie sonst am Strand. Die Feder von Haik steckt frech im Wirbel.

»Kinder«, ruft Haik, »macht euch mal dünner!« Das Rudel rückt zusammen, wir kriegen Platz auf der hölzernen Bank, die den Tisch von drei Seiten umschließt.

Der Volontare schwatzt mit seinen Freunden. Ich sehe den Tänzer ständig lachen. Sein Mund ist prall wie eine geplatzte Pflaume. An meiner Seite sitzt Katerin, Katerin mit den sanften Augen. Sie ist stiller als die anderen, wahrscheinlich auch älter. Sie hat kupferbraunes Haar und ein feines weißes Gesicht. Ich bin befangen, fühle mich grad wie verloren.

Haik ist unerreichbar weit. Sie sitzt mir halb gegenüber, unsere Hände könnten sich fassen; doch das wage ich nicht mal zu denken. Haik gehört dem Rudel, ihr Lachen gilt jedem, ihre Augen sind überall und nirgends, und wenn sie mich flüchtig streifen, dann fragen sie bloß: Na, Paul, wie gefällt es dir bei uns? Sind wir nicht lustig, machen wir Betrieb?

Katerin nippt an ihrem Likör. »Sie sind im Camp?«, fragt sie mich. Ihre Stimme ist dunkel, nicht so kreischig wie die der anderen Mädchen. Auch Haik schreit manchmal, dass ich mich frage, ob das noch Haik ist. Der Ober bringt Getränke, Likör für die Damen, Schnaps für die Herren. Der Volontare hat bestellt. Ich werde die nächste Runde geben. Vielleicht tun mir ein paar Schnäpse ganz gut. Man wird dann mutiger, heißt es.

Ein neuer Tanz geht los. Es ist ein Tango, wenn ich nicht irre. Die Jungs in der Ecke spielen flott. Sie sind zu dritt, Akkordeon, Banjo, Brummbass, und der mit dem Banjo singt. Er singt was von einem Seemann, von großer Reise und Sehnsucht. Ich schaue hinüber zu Haik. Sie fängt meinen Blick, lächelt verstohlen, und es kommt mir vor, als sagten wir uns jetzt erst guten Abend. Dann gehen wir tanzen. Haik mit der Feder sieht aus wie eine kleine Squaw. Ihr Kleid ist rot, mit weißen Tupfen, am Halse rundgeschnitten, darüber, auf der Haut, liegt eine Kette aus Bast. Sie ist eine andere Haik, lieblicher, schöner, auch keine Haik mehr, die mit Steinen wirft. Sie gibt sich leicht in meinen Arm, und ich verpasse zweimal den Einsatz. Ich stockre, finde keinen Takt. Meine Knie sind steif und beben. Das ist wie verhext. Weil ich mit Haik tanze, kann ich nicht tanzen.

Sie sagt: »Einfach anfangen, einfach so« und nimmt mich auch schon mit. Ich trete sie links und rechts und wünsche mich fort ans Ende der Welt oder wenigstens in mein Zelt. Dann endlich habe ich den Schritt. Ich kann wieder atmen und schwitze nicht mehr. Ich höre sogar, was Haik mit mir spricht.

»Es geht doch ganz gut«, sagt Haik. »Sie müssen öfter tanzen. Und Angst dürfen Sie auch nicht haben. Gucken Sie mal den da.«

Ich wage nur einen flüchtigen Blick, um den Takt nicht zu verlieren. Haik meint den Tänzer. Der dreht Figuren mit graziös verdrechselten Beinen, hüpft und kurvt und macht seinem Mädchen das Leben schwer. Er hat eine Hose an wie der Rattenfänger von Hameln; ich finde seine Beine widerlich. Bloß tanzen, das kann der Windhund. Zu Haik aber sage ich: »So wie der möchte ich gar nicht.«

»Er tanzt sehr leicht.«

»Er lernst's ja auch als Beruf.«

»Ja, schon«, sagt sie.

»Außerdem hopst er mir zu viel. Ist das nun Kunst?«

»Muss wohl«, sagt Haik. »Aber Sie können mich ruhig ein bisschen fester halten. Dann geht's besser.«

Der Tango schmilzt vor lauter Liebe, der Seemann fährt und fährt und lässt sein Mädchen warten. Das klingt sehr traurig, ja, und weint bis in den kleinen Zeh. Die Pärchen schleichen Backe an Backe. Der Volontäre schleicht mit Katerin. Doch seine Augen hat er nicht bei Katerin –

»Ich dachte schon«, sagt Haik, »Sie würden gar nicht kommen. Müssen Sie alles zehnmal überlegen?«

»Wüsste nicht.«

»Es ist doch hübsch hier, oder?«

»Doch, es ist hübsch.«

»Vorhin am Tisch hatten Sie wieder ein finsteres Gesicht. Hier sind aber keine Wolken.«

»Nein, sind nicht«, sage ich, »tut denn der Arm noch weh?«

»Eigentlich nicht. Tante hat Umschläge gemacht. Ich muss mich noch bedanken für den guten Rat.«

Dann summt sie, was der Banjospieler singt. Sie hat ein kleines heiseres Stimmchen. Ihr

100

Haar sticht manchmal mein Gesicht; ich nehme es wahr wie ein scheues Streicheln und spüre den herben, sauberen Geruch. Ich tanze jetzt, ohne noch irgend an meine Füße zu denken. Die Pärchen ringsum sind wogende Schemen, so fern, auch die Musik ist fern. Nah ist nur Haik.

Als ihr Gesumm verstummt, mitten im Ton verstummt, suche ich ungewiss fragend ihre Augen. Sie begegnen mir nicht. Sie schauen groß, in leiser Abwehr, über meine Schulter. Ich wende den Kopf, wie unter einem Zwang, und sehe den weißen Hals von Katerin und dicht dabei den flüchtenden Blick des Volontare. Der Volontare ist auf der Pirsch. Er tanzt mit Katerin und jagt nach Haik. Der Gauner, der. Er will mich heimlich auspunkten. Ich drehe mit Haik in einer schnellen Kehre. Der Volontare tut desgleichen und scherbelt wendig davon. Ich starre ihm kaltwütig nach. Und Haik hat ein Lächeln um den Mund.

Der Tango verklingt. Man klatscht und wartet auf den nächsten, tanzt weiter, klatscht noch einmal und drängelt zu den Plätzen. Es wird getrunken, hoch die Tassen. Es wird erzählt, und keiner hört dem andern zu. Die Unterhaltung ist ein wirres Wortgekreuzel, durchbrochen von Gelächter. Der Volontare macht auf Presselöwe, der Tänzer reißt uralte Witze. Der Maler schmatzt an einer Bockwurst, und Haik hält ihren eigenen Schnack. Sie redet auf Katerin ein, ereifert sich über einen dicken Mann am Nachbartisch, der Katerin mit frechen Blicken förmlich verschlingt;

doch Katerin interessiert das nicht. Haik kann tausendmal sagen, dass sie dem Dicken eine feuern würde, Katerin schaltet nicht.

So vertreibt sich ein jeder die Zeit. Ich trinke aus Langeweile Schnaps. Bis Haik mein stilles Dösen unterbricht. Sie ruft mir zu: »Paul, trink langsam!« Dabei hat sie auch schon den dritten oder vierten Likör. In ihren Augen funkelt Übermut. Sie strahlen mich hitzig an, und ich habe den Eindruck eines tiefen, bodenlosen Falls.

»Wollen wir mal zur Bar?«, fragt Haik.

»Gute Idee«, posaunt der Volontäre. Haik blitzt ihn ab. »Aber nur mit Paul und Katerin.« Der Volontäre lächelt schief, der Tänzer aber johlt, das sei der beste Witz des Tages. Ich gehe mit Haik und Katerin zur Bar.

Zwei Hocker sind noch frei. Die Mädchen klettern hinauf. Sie ruckeln ein wenig zur Seite, sodass ich zwischen den Hockern stehen kann. Rechts ist Katerin, links Haik. Vor mir glitzert der vernickelte Bartisch. Dahinter sitzt ein fülliger Mann.

»Bitte?«, sagt der Mann.

Ich gucke erst links, dann rechts. Ich habe keine Ahnung, was man an der Bar so trinkt.

»Einen Flip«, sagt Haik.

»Einen Fizz«, sagt Katerin.

Und ich, weil mir beides unbekannt ist, sage großspurig: »Einen Kognak.«

Der Mann stellt Gläser zurecht. Er räumt in einer Flaschenbatterie, streut Eiswürfel in die

Gläser, gießt aus dieser und jener und noch einer Flasche was zu, steckt einen Strohhalm hinein, und fertig sind Flip und Fizz.

»Das duhnt«, sagt Haik und klemmt den Strohhalm zwischen die Lippen.

»Was macht es?«, frage ich.

»Es duhnt, steigt in den Kopf. Hamburger Ausdruck.«

»Nicht nur Hamburger«, sagt Katerin, »in Stralsund duhnt es auch.«

Katerin kommt aus Stralsund, sie muss es wissen. Wir lachen uns zu und trinken. Mein Kognak ist scharf. Ich werde neugierig auf einen Flip oder Fizz. Ich bestelle dreimal mit Strohhalm.

»Dann aber nichts mehr«, sagt Haik.

»Nein, nichts mehr«, sage ich.

Katerin ist trinkfester als wir. Sie hat noch nicht mal Farbe im Gesicht. Haik glüht wie ein roter Lampion. Mir olbert das Blut in den Schläfen. Doch sonst ist mir wohl und frei wie nie zuvor. Und lustig werde ich jetzt auch. Ein heiterer Zauberer ist der Schnaps. Er macht das Leben leicht.

»Ich habe einen Schwips«, sagt Haik. Sie dreht einen Finger ins Haar. »Paul, haben Sie auch einen Schwips?« Das W bei Schwips braucht ziemlich lange. Haik macht mir Spaß. Ich beiße in meinen Strohhalm.

»Ihr sagt noch Sie?«, fragt Katerin.

»Noch, wenn's beliebt«, sagt Haik, und

ernsthaft zu mir: »Wollen wir du sagen, Paul?«

Ich nicke ganz wenig und werde blödsinnig verlegen.

»Aber ohne Brimborium«, sagt Haik.

»Aber den Kuss doch«, sagt Katerin.

»Lieber andermal.«

Mir ist es recht. Haik küssen, wie gern, aber nicht hier. Nicht an der Bar, nicht unter den Augen des fülligen Mannes, der Gläser spült und Getränke mischt und scheinbar teilnahmslos über alles hinwegsieht. Er kann mir nichts vormachen, er hat ein gescheites, wissendes Gesicht, und vielleicht würde er uns mit irgendwelchen Pärchen in einen Topf werfen. Wir sind kein Pärchen, Haik und ich. Ich will auch nicht, dass wir eins werden, eins von der Sorte, die sich küsst und auseinanderrennt, als wäre das eben ein netter Jokus. Ich will, dass Haik mich gern hat, wie ich sie gern habe. Dazu brauche ich jetzt noch keinen Kuss.

Ich kriege ihn trotzdem. Es geht so fix, dass mir nicht einmal Zeit bleibt, ihn zu spüren. Die heißen Hände sind plötzlich an meinem Gesicht, und der spröde Mund wischt über meine Lippen, und erst nachher, als Katerin »bravo« sagt, merke ich, dass Haik mich eben geküsst hat. Es war wie ein Nichts. Viel tiefer bleibt mir der Druck ihrer Hände bewusst, das heimliche Spiel der Augen, die flackernde Verlegenheit auf ihrer Stirn. Haik, die Sprotte, hat mich geküsst. Haik mit der Feder, die hochgemute Squaw.

»Noch dreimal mit Strohhalm«, sage ich.

»Wir wollen doch nicht mehr«, sagt Haik.

In dieser Minute beginnt das Banjo zu schlagen. Das Akkordeon schreit einen grellen Ton, dann Stille, dann voller Aufbruch einer wilden Melodie. Und der Volontare ist lautlos da, wie hergepustet.

»Gestattest doch, Paul?« Mir bleibt nichts anderes übrig. Ich sehe ihn gehen mit Haik. »Bimba-bimba-Boogie«, summselt Katerin. Ein Boogie, halloh! Da wackeln die Hosen.

Der Volontare tanzt mit Haik, umkreist sie, federt in den Knien, stockt im Schritt, stolziert wie ein Hahn, krümmt den Buckel wie vor eisigem Wind. Und Haik fliegt federleicht davon, kreist auf der Stelle, nach links, nach rechts, reicht die Hand, fliegt an der Niethose vorbei und mit harter Drehung zurück. Ihr Rock ist ein weiter Reif, rot, mit weißen, schwirrenden Tupfen. Ihre Beine sind braun und straff. Sie folgen dem peitschenden Rhythmus, folgen dem Volontare.

»Schön, wie die beiden tanzen«, sagt Katerin.

»Finden Sie?«

»Sie dürfen nichts dabei denken. Boogie ist eben so.«

»Ich denke mir trotzdem was.«

»Das ist Unsinn«, sagt Katerin. »Sie sehen doch, dass Haik nur tanzt.«

»Aber wie! Mir gefällt nicht, wie sie tanzt. Der Kerl gefällt mir nicht.«

»Dann müssen Sie beim nächsten Mal schneller sein.«

»Ich kann keinen Boogie«, sage ich.

»Ich auch nicht.«

»Wie die Irren«, sage ich, »und der Tänzer, klar, der schießt den Vogel ab.«

»Er macht mit Anspringen. Das wäre mir auch ein bisschen zu verrückt.« Katerin lacht lautlos in sich hinein.

Die Kapelle bricht plötzlich ab. Die Paare zucken aus, stehen und glotzen. Der Banjospieler zieht das Mikrophon vor seinen Mund und spricht hinein: »Blonder junger Mann, wir kommen für keinen Schaden auf. Die übrigen Herrschaften wollen bitte auch in normaler Weise tanzen.«

Darauf grollende Stille. Dann pladdern zwei Dutzend Hände vor den Mund, und die Scheiben klirren vom Schlachtruf der Nudisten.

»Ha-wa-wa-wa-waiii!«

Ich denke, mich trifft der Schlag, ich träume und bin in einer Klapsmühle. Die Horde tobt und amüsiert sich. Normaler tanzen, Bimba-bimba-Boogie, haha! Der Tänzer bläst die Backen auf, der Volontäre bleckt sein Gebiss, und Haik – Und Haik? Haik macht mit. Sie reibt ihre Hände in prickelnder Freude am Tumult. Die Feder hängt schief im schwarzen Schopf. Der Gürtel ihres Kleides steht auf halb acht. Haik, Haik …

»Spielt langsamer, Jungs!«, ruft der füllige Mann. Sein Gesicht ist verärgert. Er hat sich halb auf die Bar geschoben und brummelt etwas von loser Zucht.

Die Jungs in der Ecke beginnen ein schleifendes, schwermütiges Lied. Und was macht die Horde? Die Horde macht Klamauk. Niemand tanzt. Dann lässt sich der Tänzer als Erster nieder, kreuzt die Rattenfängerbeine, streicht sein goldenes Gelock. Das Mädchen neben ihm, Gaby mit dem Apfelgesicht, tut es nach. Gelächter prasselt. Die Jungs in der Ecke spielen. Sie warten interessiert, was jetzt noch folgen wird.

Es folgt Affenzirkus, gratis. Einige Paare verschwinden, die Mehrzahl hockt nieder, und alsbald wackelt da unten ein eiförmiger Kreis aus lauter Männlein und Weiblein. Die Weiblein mit Federn und meist in Korsarenhosen. Dann hebt man die flachen Hände, bewegt sie auf und nieder, versteckt das Gesicht dahinter und heult »Buhuuuu«. Das treibt man ausdauernd und stumpfsinnig, bis die Jungs in der Ecke einen schmissigen Marschfox spielen.

Die Horde hat gesiegt. Sie hat krakeelt wie im Urwald, aber gesiegt. Die Horde tanzt jetzt normal. Und der Spaß war so schön, dass man Wochen hindurch davon erzählen kann. Haben wir Zauber gemacht, haha! Seid ihr blöd, sagt das stumme Gesicht des Banjospielers.

Von unserer Tischrunde war die ganze Mannschaft auf dem Parkett. Außenseiter waren Katerin und ich. Dafür sollen wir nun loben und uns am Nachspaß freuen. Der Volontäre, der mit Haik an die Bar gekommen und neben dem Hocker stehen geblieben ist, ruft dem Schankmann zu: »Darauf einen Doppelten. Die Damen? Paul, du?«

Ich will nicht, die Damen wollen auch nicht. So trinkt der Volontäre allein. Er schwitzt. Sein kräftiges Kinn ist beim Lachen wie ein Klotz.

Haik sagt: »Kinder, Kinder, so was Beschränktes!«

Aber mitgemacht hat sie. Und ihr Gürtel sitzt immer noch auf halb acht. Ich bin einsilbig, verdrossen, lasse den Stimmenlärm knattern. Ich höre nicht zu. Der füllige Mann spült Gläser. Manchmal taxiert er den Volontäre mit kurzem, unwilligem Blick.

Dann ist wieder Musik und gleich darauf, irgendwo in der Nähe, die samtene Stimme des Tänzers. »Haik, kommst du?«

Haik, kommst du. Das sticht mich wie ein heißer Dolch. Du, sagt der Tänzer zu Haik. Er steht am Absatz der kleinen Treppe, die Rattenfängerbeine zierlich gekreuzt. Er schmeckt mir, wie er dort selbstgefällig steht, und ich rufe ihm zu: »Kannst gehen. Haik tanzt mit mir.«

Ich bin dabei nicht ganz sicher, und mein heftiger Mut verraucht, kaum dass ich die Worte gesprochen habe. Denn ich weiß ja nicht, wie Haik jetzt reagieren wird. Sie hat ihren eigenen Kopf. Der Tänzer grinst an mir vorbei. Wo er hingrinst, steht Haik. Vor meinen Augen sausen plötzlich Kreise, feuerrot, gleißend, schmerzend.

Was ist los? Wird mir übel?

»Paul«, sagt Haik, »hör auf zu trinken.«

Ihre Stimme tönt hohl. Ich glaube, mir wird tatsächlich übel. Ich habe dem heiteren Zauberer Schnaps zu sehr vertraut. Nun will er mich wohl umschmeißen. Aber die Feuerkreise, ohne den Tänzer wären sie nicht, bestimmt nicht. Dies Goldlackpflänzchen, grinsende, bringt mich um Sinn und Verstand – Haik, kommst du. Die Löckchen, die samtene Stimme, der pflaumige Mund. Ich gehe langsam auf ihn zu.

»Paul!«, ruft Haik.

Ich bleibe nicht stehen. Das Grinsen vor mir erstarrt, das Weibergesicht wird fahl. Du Tänzer, denke ich, was bist du denn für ein Tänzerchen. Irgendwas stimmt an dir nicht. Ich hab's in der Nase, dass an dir was faul ist. Darum kann ich dich nicht riechen, nicht bloß wegen Haik bist du mir zuwider.

»Keinen Streit, bitte«, sagt der füllige Mann. Seine Stimme erreicht mich durch fünf wattierte Vorhänge. Doch ich vernehme sie gut, und in seltsamer Weise macht sie mich wach. Ich bleibe stehen, als der Tänzer zögernd kneift und rückwärts von Stufe zu Stufe gleitet. Meine Arme baumeln kraftlos herab. Kältender Schweiß nässt meine Stirn. Ich stütze mich gegen das Geländer. Dann kommt Haik: »Du siehst nicht gut aus, Paul.«

»Die Luft hier«, sage ich.

»Setz dich ein bisschen.«

»Du dich auch?«

»Er hat vorbestellt, sei nicht böse.«

»Ich will aber nicht, dass du mit ihm tanzt.«

»Sei nicht kindisch, Paul.«

»Bin ich nicht.«

»Doch. Du wolltest dich prügeln. Das kann ich nicht vertragen.«

»Mir egal«, sage ich.

Sie holt tief Luft, geht. Geht zu dem Tänzer. Ich bin auf einmal sehr müde. Ich trete an die Bar und sage: »Zahlen.«

»Was haben Sie vor?«, fragt Katerin.

»Ich will zahlen.«

»Aber wir bleiben doch noch.«

»Ich nicht.«

»Warten Sie wenigstens, bis Haik zurückkommt.«

»Mir ist nicht gut.«

»Dann gehen Sie ein wenig an die Luft.«

Ich sage nichts.

»Ich werde mitkommen«, sagt Katerin.

Mir ist schon alles gleich. Jeder denkt, ich sei betrunken. Sollen sie denken. Ich selber weiß, dass ich nicht betrunken bin. Mein Elend hockt woanders.

Katerin holt ihre Jacke und meine, sagt auch noch Haik Bescheid. Und Haik macht ein schnippisches Gesicht. Sie ist unzufrieden mit mir. Ich wollte mich prügeln, ihren Tänzer wollte ich prügeln. Ich bin für sie ein ungehobelter Rüpel. Na schön. Besser, dass ich gehe.

Draußen wiegen sich die Bäume. Und es ist kein Wind. Die Positionslaternen über der Kajüte treiben Schabernack wie hüpfende Luftballons. Und niemand ist da, der sie bewegt. Die Straße scheint komische Träume zu haben. Sie buckelt sich und schwankt. Katerin hält meinen Arm. Die blöde Straße kann mir nichts tun.

»Sie müssen tief atmen«, sagt Katerin.

Ich atme tief.

»Den Kopf in den Nacken legen.«

Ich lege den Kopf in den Nacken. Ich tue alles, was Katerin sagt. Und allmählich wird die Welt für mich wieder klar. Die Bäume stehen schweigend, die Positionslaternen blinzeln rot und grün, die Straße schläft.

»Jetzt besser?«, fragt Katerin.

»Ja«, sage ich matt.

»Wollen wir wieder hinein?«

»Nein, ich nicht. Sie können ja. Ich gehe schlafen.«

»Und Haik?«, fragt Katerin. Ihr weißes Gesicht ist unbewegt. Die starken Brauen ruhen über den Augen. Katerin ist Ruhe und Wärme. Haik ist ein Irrwisch, ohne Herz. »Was soll sein mit Haik?«, frage ich.

»Sie wird warten.«

»Der Tänzer ist ja da, und der Volontare.«

»Sie schwatzen dummes Zeug. Sie machen Haik damit nur böse.«

»Ist sie sowieso, ich auch.«

Im Windfang schallen plötzlich Stimmen,

die Stimmen des Rudels. Ich erkenne den Maler, Gaby, Haik. Das Rudel dringt ins Freie. Man sieht uns stehen und zögert.

»Da sind sie ja«, sagt jemand.

»Wieder auf dem Tisch, Paul?«, ruft der Volontäre.

»Wer war denn drunter?«, frage ich.

»Gehst du mit?«, fragt Haik. Sie löst sich nicht aus der Gruppe. Ganz hohe Würde, steht sie im leichten offenen Mantel. Mich reitet ein Teufel. Er lässt mich nicht sagen, was über meine Lippen will. Er sagt ohne Sinn: »Geht man alleine.«

Haik schießt los wie ein Pfeil von der Sehne. Das Rudel trottet nach, und ich lausche den Stimmen, wie sie brabbelnd in der Nacht versickern.

»Das hätten Sie nicht tun dürfen«, sagt Katerin dann. »Laufen Sie hinterher.«

»Das auch noch!« Doch meine Beine wollen längst laufen. Ich lasse sie nicht, sage stattdessen zu Katerin: »Wenn es recht ist, bringe ich Sie nach Hause.«

»Den Weg können Sie sich sparen. Ich habe es nur bis zum Hafen. Das ist nicht weit.«

»Dann gehe ich das Stückchen mit.«

Die Nacht hat den Himmel mit funkelnden Sternen benäht. Die Wolken sind weg, der Wind streicht kaum spürbar von Ost. Ein dunkler, verschwiegener Weg nimmt uns auf. Die Stille ist ohne Ende. Es geht sich gut mit Katerin. Man braucht nicht zu sprechen. So schweigen wir uns beide bis zum Hafen.

Dann sagt sie: »Ich wohne dort drüben.«

Dort drüben ist Wasser, das Bollwerk von Kloster. Das Wasser schlappert mit heller Zunge. Die Masten von Booten pendeln.

»Wollen Sie sehen?«, fragt Katerin.

Das Boot, das sie mir zeigt, ist breitrumpfig und hat eine ausgebaute Kajüte. Katerin segelt es allein. Sie erzählt mir von ihrer großen Liebe, indes wir am Bollwerk stehen und hinabschauen auf den schläfrig wiegenden Gesellen. Was für mich das Zelt, ist für Katerin das Boot.

»Jedes Jahr«, sagt sie, »bin ich auch mal in Kloster. Vor drei Jahren habe ich Haik kennengelernt.«

Schon wieder Haik, denke ich. Sie verfolgt dich auf Schritt und Tritt und jetzt noch durch Katerin.

»Haik ist ein lieber Kerl –«

Katerin soll still sein, ich will das gar nicht hören.

»Haik ist nicht so, wie Sie vielleicht denken.«

»Ich denke doch nichts«, sage ich mürrisch. »Aber der Tänzer –«

»Das ist ein Hohlkopf. Haik führt ihn an der Nase herum.«

»Das macht sie gern, wie?«

»Nur mit bestimmten Jungen. Mit solchen zum Beispiel, wie sie heute Abend bei uns am Tisch saßen.«

»Was Besseres findet sie nicht?«

»Doch. Aber die sind dann auf andere Art dumm.«

»Ja, ja«, sage ich und warte, dass Katerin weiterspricht. Ich möchte wissen, wer mit den Jungen, auf andere Art dumm, gemeint ist. Kann sein, dass ich dazugehöre. Kann auch sein, dass ich allein derjenige bin. Es klang mir bald so. Doch Katerin spricht nicht weiter. Sie springt auf ihr Boot, reicht mir die Hand hoch. »Tschüs, kommen Sie gut heim.«

Ich bleibe noch, bis sie in der Kajüte verschwunden ist und hinter den kleinen Bullaugen mildes Licht aufscheint. Das Wasser gluckst gegen die Planken; es muss sich schön dabei schlafen. Der Bodden reicht weit in die Nacht.

«Ein dunkler, verschwiegener Weg nimmt uns auf. Die Stille ist ohne Ende.»

Ich gehe ein kurzes Stück langsam, fange bald an zu traben und renne schließlich in schneller, gleichmäßiger Jagd. An der Stelle erst, wo man vom Landweg abschwenkt auf den Dünenweg, halte ich an, verschnaufe und lausche. Mein Blut pocht. Nichts außer dem Pochen dringt an mein Ohr. Nichts von den Stimmen des Rudels. Unmöglich können sie schon in Vitte sein. Bleibt also nur noch der Dünenweg – oder sie haben sich zerstreut, ins Gebüsch, in die Strandkörbe, immer zwei zu zweit.

Ich renne vor bis zum Dünenweg. Die See rauscht müde gegen den Strand. Mit dem Wind ist die Kraft von ihr gegangen. Das Leuchtfeuer wandert, erhellt die Büsche des Seedorns, als zucke blasser Mondschein drüberhin. Es ist kühl, und ich schlage den Kragen meiner Jacke hoch. Tiefe Mutlosigkeit bedrückt mich. Ich bin einsam und klein auf der Insel im Meer, so einsam, dass mir das Heulen nahe ist. Die Füße schwer, wandere ich nach Süden. Meine Augen brennen, und ich rede mir beharrlich zu: Das ist von der scharfen Luft, außerdem bist du müde, Paul. Doch sich selber belügen, das geht wie ein Spiel mit dem Groschen, Zahl und Zeichen, mal ist die eine, mal die andere Seite oben. Und froh wird man erst, wenn man's aufgibt.

Ein paar hundert Meter südwärts wächst der Seedorn in einem Halbrund, das dem Meer die offene Seite zeigt. In der freien Mitte steht eine Bank. Des Abends, bei schönem Wetter, kann man dort sitzen und der Sonne zuschaun, wie sie ins Bad steigt. Jetzt ist Nacht, die Luft kühl, und auf der Bank sitzt die, die ich gesucht habe. Wie sehr ich gesucht habe, wird mir in der Sekunde bewusst, da ich sie finde. Mein Herz tut einen harten, schmerzhaften Schlag, bullert dann eilgeschwind und treibt mir wallende Hitze ins Gesicht. Haik ist nicht allein. Ich vernehme das holpernde Plaudern der Stimmen. Ich bin ganz nahe, und man hat mich noch nicht gehört. Ich trete einen Stein los, stoße ihn fort. Er kollert und schurrt. Der Stein soll mich anmelden. Ich will nicht wie ein Lauscher heranschleichen. Haik fährt zusammen. Sie starrt zu mir her, und als sie mich erkennt, verrät ihre Stimme eine jähe Freude. »Paul?«

Der Volontäre bleibt sitzen. Er spielt den gleichgültigen Dritten, kann seinen Ärger aber doch nicht verbergen.

»Ist euch nicht kalt?«, frage ich.

»Wir wollten gleich gehen«, sagt Haik. »Wo kommst du denn her?«

»Von Kloster. Ich war bei Katerin am Boot.«

»Ach so«, sagt sie ohne Betonung. »Und?«

»Wieso und?«

»Ich frage nur so.« Sie steht aufrecht neben der Bank, auf der mein Volontäre immer noch sitzt. In ihrem Gesicht, das dunkel ist wie getöntes Holz, schimmern bläulich die Augen. Sie ist scheinbar gleichgültig, nur ein bisschen neugierig; an ihren Händen aber, die in den Taschen des Mantels rumoren, merke ich, dass Haik nicht gleichgültig und auch nicht ruhig ist.

»Wo sind denn die andern?«, frage ich.

Die Antwort ist ein unbestimmtes »nach Hause, wo sonst?«

»Ihr seid nicht zusammengeblieben?«

»Dürfte unsere Sache sein«, sagt der Volontäre, und Haik: »Warum fragst du?«

»Auch bloß so.« Und als sie schweigen, sage ich zum Volontäre:

»Außerdem, von wegen ›unsere Sache‹. Was deine Sache ist, schert mich einen Kehricht. Aber komm du mir nicht in die Quere.«

»Wie meinst'n das?«, fragt der Volontäre.

»Dass du jetzt zum Beispiel verschwinden sollst.«

»Wird ja immer schöner.«

Und Haik, wie eine besorgte Schwester: »Paul, fang nicht schon wieder Streit an.«

Natürlich, ich fange Streit an. Wie genau du das weißt, Haik. Verteidige ihn man, den Volontäre. Aber mir ist dann alles schnuppe. Dann will ich ihm wenigstens noch die Meinung geigen. Diesem Niethosengockel, der dich für einen Urlaub ganz passabel findet.

»Ihr braucht mir nichts vorzumachen«, sage ich, »habe genug gesehen«.

»Gar nichts hast du«, sagt Haik leise.

»Warum seid ihr denn nicht mit den andern gegangen?«, frage ich bissig.

»Spiel dich bloß nicht auf«, sagt der Volontäre.

»Halt deine Klappe!«, schreie ich.

»Wenn du hier pampig werden willst –« Der Volontäre hebt drohend das Kinn.

Ich lache ihm böse ins Gesicht. »Was ist denn da, he? Du bist mir ein feiner Kumpel. Hinterhältig bist du, ein Anschleicher. Was willst du überhaupt von Haik? Ein bisschen Spaß, wie?«

»Paul!«, ruft Haik. Und der Volontäre kommt langsam hoch. Er hakt seine Daumen in die tiefgesetzten Taschen der Niethose. Sein düsteres Gesicht rückt auf mich zu. Es ist kantig und hart, und über der Stirn lodert Wut.

»Ihr dummen Kerle«, ruft Haik, »lasst das sein!«

»Haben ja noch gar nicht angefangen.«

»Du bist betrunken, Paul.«

»Keine Spur.«

»Aber du riechst.«

»Der wohl nicht?«

»Wenn ihr hier Geschichten macht, gehe ich.«

»Der da soll gehen«, sage ich. »Er hat hier nichts verloren. Los, Volontare, hau ab.«

»Was pfeifen werde ich dir.«

Die See rauscht dumpf. Ich starre den Volontare an, und er starrt mich an. Wir messen uns wie kollernde Hähne, feindselig, den Nacken geduckt, und Haik steht dabei und fängt plötzlich an zu lachen.

»Wie dumm ihr seid. Wenn ihr euch sehen könntet!« Sie tritt auf den Weg. »Ich gehe nach Hause.« Sie geht wirklich los, kümmert sich überhaupt nicht mehr um uns, und wir schließen wortlos Waffenstillstand, folgen Haik.

Der Dünenweg wird manchmal schmal, sodass nur einer von uns neben Haik bleiben kann. Eine Zeit lang kämpfen wir stumm und verbissen, schieben, drängeln, weil jeder den Platz behaupten will. Einmal stößt mich der Volontare in die Rippen, und ich gebe ihm dafür mein Knie gegen den Hintern.

Haik schimpft uns aus, schweigt dann wütend mit steifem Gesicht. Sie läuft immer schneller, und wir hoppeln wie unvernünftige Kaninchen, schubsen und drängeln weiter.

Da schreit sie uns an: »Ihr macht mich verrückt.«

Und wie wir noch ganz verdattert stehen, bricht sie seitwärts aus und rennt über die Wiesen zur Straße. Ich rufe »Haik!« – doch sie wartet nicht. Trostlose Schwäche fesselt meine Beine. Auf der Zunge schmecke ich bitter und widerlich das Nachgefusel der Strohhalmgetränke. Lustig, ein lustiger Abend ist das gewesen, ja,ja!

»Jetzt sind wir sie los«, sagt der Volontare.

»Dein Senf fehlt mir noch«, schreie ich.

»Renn doch hinterher.«

»Hätte ich was zu tun.«

»Ach nee. Dabei hast du schon heute Mittag mit deinem dämlichen Quietschkasten angefangen. Mach mich doch nicht doof, Mensch.«

»Bist du von selber«, sagt der Volontare, »sonst hättest du sie in Kloster nicht absausen lassen.«

»War dir ganz lieb, wie?«

Er antwortet nicht. Meine Wut schießt gallig zu Kopf, raubt mir die Luft. Ich frage heiser: »Was ist gewesen auf der Bank?«

»Gar nischt.«

»Das schwindelst du.«

»Und du hast vor Eifersucht nicht mehr alle Tassen im Schrank. Bleib mir doch vom Halse mit deinem Kohl. So dusslig wie du ist noch keiner bei einem Mädchen gewesen.« Er macht auf dem Absatz kehrt. Sein Rücken schaukelt den Dünenweg hinunter.

Ich bleibe allein. Meine Wut vertropft, und ich habe mich zu plagen mit einem Wust bohrender Gedanken. Was ist mit dem Volontare und Haik? Hat er was erreicht? Ich glaube nicht. Doch wer gibt mir Gewissheit? Niemand. Ich bin allein.

Haik ist ausgerissen, der Volontäre gegangen, nachdem er mich dusslig genannt hat, dusslig, weil Haik für mich nicht bloß ein Urlaubsspaß ist. Und die Nacht schweigt. Ihre Sterne sind weltenfern. Ich bin ganz und gar allein.

Der Morgen nach dieser Nacht trägt den sauberen Atem eines blankgefegten Himmels. Goldenes Licht fließt hernieder und verfängt sich im Taubehang der Gräser. Der Ostwind fächelt leise, die See schlägt matt. Und ringsum ist Stille, als wäre die Insel eben aus dem Meer getaucht.

Ich gehe zum Strand, bevor das Lager erwacht. Ich schwimme und lasse mich treiben. Nirgendwo ist ein Mensch. Die Strandkörbe halten Morgenandacht. Ein Fischerkahn liegt einsam auf der Seite, glitzernden Sand an den schwarzen Planken; vom Kielholz abwärts führt eine tiefe Schleifspur bis zum Wasser. Vieles wird offenbar in dieser Stunde, die den Frieden der Nacht mit der Helle des Tages vereint. Wo das Auge sonst achtlos vorübergleitet, bleibt es jetzt haften, und die toten Dinge bekommen Leben, erzählen in einer Sprache, die keine Laute kennt. Über allem aber ist die Himmelssee, ein tiefes Meer ohne Küste und Eiland, unsagbar weit und blau wie ein zarter Pastellton auf Seide.

Der Morgen wandelt sein Gesicht. – Ich höre Stimmen vom Dünenhang. Es sind die Sportler. Sie lärmen und flitzen nackt ins Wasser. Dann schreitet Onkel Erwin herbei, ohne Mütze und um die Hüften ein Handtuch. Er schreitet gemessen und macht gewissenhaft Atemübungen. Sein spitzer Brustkorb zeigt alle Rippen. Zwei Mädchen folgen. Sie kommen gerannt, werfen im Rennen die Bademäntel ab, haben nichts mehr auf der Haut und stürzen rudernd in die See, die Brüste hüpfen wie harte Bällchen.

Ich wate an Land, reibe mich trocken. Ich stehe barfuß im Hemd, da springt der Volontäre über den Hang. Er sieht mich, stockt. Ich greife nach meinen Shorts, ziehe sie an, als gäbe es keinen Volontäre. Er hebt Sand mit den Zehen und schleudert ihn weg. Schließlich tritt er auf mich zu. »Morgen, Paul.«

»Morgen«, sage ich und gucke ihn halb an.

»Gut geschlafen?«

»Warum nicht?«

»Schönes Wetter, wa?«

»Wenn's so bleibt.«

Der Volontäre zupselt an seiner Badehose. Um seinen braunen, starken Hals liegt ein Handtuch. Das Haar türmt sich über der glatten Stirn. Der Volontäre sieht aus wie ein Filmboxer. Ich neide ihm seine Schönheit. Ein bisschen möchte ich davon haben. Das Haar vielleicht; meins hängt mir strähnig in die Augen.

»Noch böse?«, fragt der Volontäre.

Ich striegle meinen Kopf.

»Musst dir mal 'ne Haube kaufen«, sagt er, »oder ganz kurz stutzen lassen und 'ne kleine Kaltwelle rein.«

»Bin doch kein Weib.«

Der Volontäre deutet zum Wasser, wo die Mädchen schreien und spritzen. »Was sind das für Schnecken, die beiden?«

»Aus dem Lager«, sage ich.

»Nicht schlecht, wa?«

»Weiß nicht.«

»Wollen wir den Quatsch nicht begraben?«

»Was nennst du Quatsch?«

»Na, gestern Abend, das mit Haik.«

»Ist für mich kein Quatsch.«

»Ist doch egal, wie man's nennt. Komm, vertrag dich wieder.«

»Und Haik?«, frage ich.

Er macht eine unbestimmte Handbewegung. »Leg doch nicht alles auf die Goldwaage. Ich will ja gar nichts von Haik.«

»Das glaube ich nicht.«

»Nicht?«

»Nee, ich traue dir nicht mehr über den Weg.« Und damit lasse ich den Volontäre stehen, durchwate den saugenden Sand und spüre dabei ein unangenehmes Prickeln im Nacken. Der Volontäre ruft mich nicht zurück. Wenn er es nun ehrlich gemeint hat? Ich werde unzufrieden, beginne mit mir zu hadern. Vielleicht war es falsch, den Volontäre zu kränken. Aber was hat er denn mit mir gemacht? Ich kann ihm nicht mehr trauen. Er ist ein leichtes Huhn. Wenn Haik ihm nur unter die Augen kommt, wird er vergessen, dass er eigentlich gar nichts von ihr will.

Im Lager ist allgemeines Erwachen. Verschlafene Struwelköpfe blinzeln aus den Zelten. Die Pumpe scheppert, die ersten Kocher blaffen. Das junge Ehepaar hat Streit. Diesmal nicht ums Brötchenholen. Dem langweiligen Mann tut ein Zahn weh. Das macht ihn lebendig. Er schimpft, und die Frau sagt, er solle sich nicht gebärden wie ein kleines Kind. Worauf er noch mehr schimpft und alle Flüche loslässt, die er kennt. Seine Stimme dringt dumpf und jammervoll aus dem geschlossenen Zelt. So hat jeder seine Last, denke ich. Der Mann mit dem Zahn, die Frau mit dem Mann und ich mit Haik. Wie soll es überhaupt weitergehen, jetzt? Sie ist weggerannt. Sie war wütend, ist es vielleicht noch und will keinen mehr sehen. Aber irgendwie muss es doch weitergehen –

Der Mann mit seinem Gejammer fällt mir auf die Nerven. Soll er Tabletten schlucken oder sich einen Zahnarzt suchen. Außerdem wirken Zahnschmerzen ansteckend. Wenn ich noch lange zuhöre, kriege ich auch welche. Und jeden Augenblick kann der Volontäre vom Strand zurück sein. Ein Lager ist gut und schön, solange man einfach in den Tag lebt, unbeschwert von drückenden Gedanken, solange es innerhalb der Zelte keinen Menschen gibt, dem man ausweichen will. Beides trifft für mich nicht mehr zu, und das Lager erscheint mir wie ein aufdringlicher Teufel, laut, quenglig, rücksichtslos. Ich verzichte auf Kaffee und mache mich davon. Ich nehme mir Knäckebrot mit und ein Stückchen Wurst. In den Dünen, die nackt und weiß aus dem Heideland wachsen, suche ich mir eine Kuhle und halte dort Frühstück. Der Sand trinkt Wärme. Lerchen zwitschern, trudeln durch den Himmel. Das Heidekraut zeigt schüchtern seine ersten blassen Blüten. Ich breche Knäckebrot und kaue gemächlich. Ich bin froh, das Lager fern zu wissen, irgendwo da hinten, außerhalb der klingenden Stille, die mich umfängt.

Aber Haik, wie geht es nun weiter mit Haik?

Die Sonne sengt. Der kühlende Wind streicht über die Gipfel der Dünen. Ich sitze tief, spüre ihn nicht, und die heißen Strahlen kribbeln auf meinem Kopf.

Wie geht es weiter mit Haik?

Das letzte Stückchen Knäckebrot platzt zwischen meinen Fingern. Ich schiebe es langsam in den Mund. Es klebt mir am Gaumen fest. Ich quetsche mit der Zunge und kriege Durst auf einen Becher Kaffee.

Haik? – Ich könnte mal vor nach Vitte schlendern. Das Süderende hoch und wieder zurück. Ich könnte auch nachsehen, was der Hammel macht, ob die Leine nun kurz genug ist. Oder einfach mutig sein, an den Katen klopfen und sagen: Ich möchte dich gern mal sprechen, Haik. Aber was, wenn sie mich gar nicht hören will?

Ich krieche aus meiner Kuhle. Die Sonne wird zu heiß. Ich wandere hinüber zum Bodden, sitze dort lange und weiß immer weniger, was ich tun soll. Ich nehme mir eine Möwe aufs Korn und sage mir, wenn sie schreit, gehst du zu Haik. Die Möwe schreit, doch ich bleibe sitzen. Ich versuche das Gleiche mit einer Krickente. Wenn sie taucht, sage ich, gehst du los. Die Ente taucht, ich gehe nicht. Ich verstecke mich hinter den dümmsten Ausreden: Haik schläft vielleicht noch – Haik darf nicht merken, dass du ihr nachläufst – Ausreden sind genug zur Hand, bloß helfen, helfen tun sie nicht.

Ein breites, ruhiges Boot, das vom oberen Bodden nach Süden segelt, weist endlich den rettenden Weg. Es trägt mir den Namen Katerins zu. Ich spreche ihn aus, als sei mir ein kleines Wunder begegnet. Warum denke ich jetzt erst an Katerin? Sie ist Haiks Freundin, Katerin mit den sanften Augen –

« Der Morgen nach dieser Nacht trägt den sauberen Atem eines blaßgefrosteten Himmels »

Der Hafen in Kloster hält Vormittagsruhe. Das große Bollwerk ist frei. Im Wasser draußen liegen zwei flache Fischerboote. Ein Mann in geflickter Jacke treibt seinen Kahn dem Ufer zu; die Arme an den Riemenhölzern arbeiten ohne Hast. Im kleinen Hafenbecken, wo die Segelboote liegen, quäkt ein Radio. Matratzen liegen zum Lüften an Deck. Halblaute Stimmen rufen, plaudern, wechseln von Boot zu Boot. Und das Wasser gluckst wie in sattem Wohlbehagen.

Katerin hat zu tun. Sie schlägt mit einem Zinkeimerchen Wasser auf und spült das Deck. Ihr Badeanzug ist weinrot und ohne Träger. Katerin hat schöne Schultern. Sie ist so schlank wie Haik, in den Hüften aber runder und überhaupt schon ein bisschen fraulich, während Haik eben noch ein Sprottchen ist. Katerin kümmert sich um nichts. Sie arbeitet. Das Zinkeimerchen speit Wasser in breitem Schwall, wird neu gefüllt, speit wieder. Ich trete dicht ans Bollwerk. Katerin sieht mich noch immer nicht. Ich ziehe an der Leine, mit der das Boot festgelegt ist. Die Bootsnase schaukelt. Katerin stutzt, schaut auf die Leine und dann auf mich.

»Ach, Sie sind's, Paul.«

Am Henkel des Eimerchens ist ein kurzes Tauende. Das schlägt sie verspielt gegen ihre Waden und fragt wie von ungefähr: »Sind Sie gut in Ihr Zelt gekommen, gestern?«

Irgendetwas ist in ihrer Stimme, tastend und kaum wahrzunehmen. Es klingt nach heimlicher Ironie, die arglos neckt, den andern nicht verletzen will und doch viel mehr in sich verborgen hält. Der andere bin ich. Und Katerin schaut mir freundlich ins Gesicht. Einfach freundlich. Und dennoch, ich kann mir nicht helfen, in den Winkeln der Lippen ist mehr, ein Schattenspiel wie von flüchtigem wissendem Lachen.

»Wenn Sie mal ein Glas Wasser hätten«, sage ich.

Katerin hat Tee. Das ist mir noch lieber. Ich trinke aus einem blauen Kunststoffbecher. Der Tee ist gesüßt, ganz wenig, und kühl.

»Wohin gehen Sie?«, fragt Katerin. »In die Berge?«

»Eigentlich nicht.«

»Haben Sie nur einen kleinen Trip gemacht?«

Ich verstehe das Wort nicht und nicke aufs Geratewohl. Es scheint richtig zu sein, jedenfalls das, was Katerin erwartet hat. Sie nimmt es hin wie früher mein Lehrer eine Antwort, wenn ich ihn anschwindeln wollte und er mich längst durchschaut hatte. Ich bin wegen Haik gekommen. Mag sein, dass Katerin meine Gedanken erraten hat, vorhin schon, als sie mich nach dem Heimweg fragte. Mädchen sollen ja eine Art sechsten Sinn haben, eine Spürnase für solche Sachen.

»Haik war hier«, sagt Katerin.

Ich verschlucke mich an der Überraschung. Katerin lächelt. Ihr Lächeln verrät, wie viel sie weiß. Katerin weiß alles. Haik hat's ihr brühwarm erzählt.

»Was«, frage ich, »was wollte denn Haik?«

»Nur mal vorbeigucken. Sie ist nach Grieben, etwas besorgen für ihre Tante.«

»Nach Grieben, ach so –« Ich werde still. Katerins sanfte Augen sind braun. Das fällt mir jetzt zum ersten Mal auf. Und Goldfünkchen tanzen zwischen den Lidern. Katerin lässt ihr Lächeln nicht sein. Ich putze mir die Nase. Das hilft manchmal, wenn ich verlegen bin.

»Schönes Wetter heute«, sage ich dann.

»Ach ja, man freut sich.«

»Aber zum Segeln wenig Wind.« – »Draußen ist mehr.«

»Ihr Boot ist ziemlich groß. Kommen Sie denn allein damit zurecht?« – »Ich muss«, sagt Katerin.

»Aber bei Sturm kann's gefährlich werden.«

Große Pause, dann Katerin: »Wollen Sie nicht zu Haik? Nach Grieben kommt man dort.« Das Eimerchen schlägt ins Wasser, und die freie Hand deutet zu einem Weg, der vom Hafenplatz aufwärts zwischen schattige Bäume kriecht und weiter oben anscheinend östliche Richtung nimmt.

Ich rühre mich nicht und kriege heiße Ohren. Katerin schwappt Wasser auf die Planken. Ich will zu Haik, ja, aber doch nicht losrennen wie gestochen. Ich habe Angst, mir etwas zu vergeben. Und so vor Katerin wäre es auch rücksichtslos. Erst kommt Haik zu ihr, dann ich, und jeder hat bloß seine Sorgen im Kopf. Katerin mit den sanften Augen, denke ich. Gäbe es nicht Haik, würde ich gern bei Katerin bleiben –

»Was ist?«, fragt sie. »Immer noch da?« Ich flüchte mich in ein mattes Lächeln. Nichts ist. Ein paar Gedanken waren da, ungewiss, verhalten wie der Lufthauch warmer Nächte. Katerin schaut zu mir hoch, die nassen Finger gespreizt und leise Ungeduld im Gesicht.

»Ich gehe ja schon«, sage ich.

»Viel Spaß und tschüs«, sagt Katerin.

Der Weg läuft hinter Kloster in freies Land. Er wird breiter, fester, eine richtige Straße, und die Sonne prallt hart auf das graue Band. Zu beiden Seiten sind Felder, reifender Roggen mit rotem Klatschmohn zwischen den Halmen, Kartoffeln, die tüchtig Kraut ansetzen. Links, wo über den Feldern das karge Hochland beginnt, zieht bedächtig wimmelnd eine Schafherde. Rechts, verborgen halb von riesenhaften Bäumen, blinzelt das Wasser des Griebener Boddens. Die Insel ist ländlich hier oben, ruhig, abgeschieden, ganz anders als im Süden, wo die See ihr näher und die Badegäste zahllos sind. Ich treffe drei oder vier Leutchen. Niemand geht gern die heiße Straße. Meine Füße treiben Staubwölkchen auf. Sie wandern bald schnell, bald langsam, und jedes Mal, wenn die Straße eine sanfte Höhe erklimmt, halte ich Ausschau nach Haik. Vor mir ist immer nur Sand und Feld und über der Erde das flirrende Spiel der erhitzten Luft. Bis nach Grieben entdecke ich nichts von Haik.

Am ersten Katen empfängt mich ein struppiger Hund. Er bellt, weil er Langeweile hat. Ich beachte ihn nicht, da bellt er noch mehr und reißt seinen spitzen Rachen auf. Das Dorf hat eine Handvoll Häuser, aber anscheinend keine Menschen. Nur der struppige Köter ist da und macht Krach. Ein paar Hühner und Gänse sehe ich noch, sonst nichts. Die Katen am rechten Straßensaum haben zusammen ihre tausend Jahre auf dem Buckel. In kleinen Gärten wuchern Schoten, Sträucher und Bauernblumen.

Ich lehne mich an einen Zaun, um auf Haik zu warten. Aus irgendeinem Katen muss sie ja kommen. Der Hund bezieht in vorsichtigem Abstand Posten. Er dreht sein hechelndes Maul weg und tut, als wäre ich nicht mehr da.

Die Zeit versickert stumm. Der Hund beäugt mich und schleicht fort. Ich harre aus.

Dann klingt ein Dengelhammer, plärrt ein Kind, schimpft eine Frau. Das Dorf lebt hinter den Häusern. Eine Fliege brummt mir um die Ohren, ein dickes Vieh mit bläulichem Leib, ein richtiger Misthaufenbrummer. Ich schlage mit der flachen Hand, treffe aber bloß Luft. Ich versuche eine andere Taktik, warte, dass sich der Brummer setzt. Er tut's nicht, er surrt mir was. Da fange ich wieder an zu schlagen. Diesmal überlegt, zielsicher, und, siehst du wohl, da geht der Misthaufenbrummer schon zu Boden. Ich betrachte ihn interessiert und bin so vertieft in den Triumph meines Sieges, dass ich Haik erst bemerke, als sie schon neben mir ist.

»Was machst du denn?«, fragt Haik.

»Ein Brummer«, sage ich.

Haik hat den Pulli an, rot-weiß, die hellen Shorts, und über der Schulter baumeln an einem faserigen Bindfaden ihre Schuhe.

»Warst du bei Katerin?«, fragt sie, ohne dass ich heraushören kann, was sie dabei denkt. Ich nicke, und ein Weilchen bleibt es still. Sie überlegt die nächste Frage. Ich lese in ihrem Gesicht eine Spur von Misstrauen. Die Frage, nehme ich an, wird danach sein. Doch wer kennt schon Haik. Sie koppelt plötzlich um und sagt: »Ihr habt euch gestern wie Affen benommen. Du am schlimmsten.«

Und dann erst folgt die Frage, ganz leicht dahingesprochen: »Warst du bei Katerin, weil – entschuldige, erst mal Schuhe anziehen, der Sand ist hier so heiß.« Sie reißt den Bindfaden ab und beschäftigt sich, ohne mir einen Blick zu gönnen.

Schuhe anziehen, denke ich, so heiß wird dir der Sand nicht sein, wo du ja dauernd barfuß rennst. Ich sehe zu, wie die braunen Füße in das flache Leder schlüpfen, und frage unverfänglich: »Was denn: weil?«

»Haach, ich kann Schuhe bei der Hitze nicht leiden.« Sie schimpft, knurgelt vor sich hin, dass sie es in solchen stickigen Dingern nicht aushalten könne, und schleudert die Schuhe wieder von den Füßen. Dann faucht sie, als wäre ich schuld: »Warum stehen wir auch in der dicksten Sonne.«

»Können uns ja in den Schatten stellen.«

»Ich will mich überhaupt nicht hinstellen.«

»Dann können wir ja auch gehen!«

»Warte, gleich«, sagt sie. »Ich muss mir nur die Dinger wieder zusammenbinden. Nächstes Mal nehme ich keine mehr mit.« Sie rupst an dem Bindfaden, verknotet ihn fünffach, hält das Bündel dann in der Hand, und ich merke, dass sie ihr Gleichgewicht wiedergefunden hat.

»Wohin wollen wir?«, fragt sie brav.

Und als wir nach Osten zu das Dorf verlassen haben, fragt sie endlich: »Warst du bei Katerin, weil – du mich gesucht hast?«

Sie macht ihren Hals lang und blickt mir beim Gehen schnell in die Augen. Ich sage: »So ungefähr, ja. Ich wusste nicht – du bist gestern fortgerannt –«

»Ihr habt euch aber auch aufgeführt –«

»Weil der Volontare dabei war.«

»Na und? Du hast mich ja alleine gehen lassen.«

Ich sehe schon, sie will mir die Schuld aufhalsen. Ich bin der Streithammel gewesen, ich habe mich nicht um sie gekümmert, alles ich. Sie dagegen ist ein Lämmchen. Aber so schnell soll sie nicht gewinnen.

»Und der Weiberlaffe?«, frage ich. »Dieses Tänzerchen? Da bin ich ja erst in Wut gekommen.«

»Aber Prügeln kann ich nicht vertragen.«

»Ich habe doch gar nicht.«

»Du wolltest.« – Punkt.

»Und überhaupt«, fange ich wieder an, »das mit dem Volontare hat mich geärgert. Anders als beim Tänzer. Der Volontare macht was her –«

»Beim Boogie, nicht?«

»Kann ja sein, dass er dir besser gefällt.«

»Ich werde ihm was.«

»Aber schön ist er.«

»Dumm«, sagt Haik aufgebracht, »dumm ist er. Graf Koks und nichts dahinter. Warum bist du auch mit Katerin gegangen!«

Haik ist sich selber nicht gut. Ich weiß nicht, warum. Ich will es auch gar nicht wissen. Vielleicht war es doch anders mit dem Volontare, als sie jetzt redet. Er hat immerhin ein Götterantlitz, ja. Und Haik hat sich vielleicht ein bisschen verguckt. Jetzt will sie es nicht mehr wahrhaben und schiebt alles auf mich. Warum bist du mit Katerin gegangen! Was soll man da sagen? Am besten gar nichts. Sonst rennt sie wieder weg. Ihr Mund ist verschlossen, beinahe böse. Ich berühre ihren Arm.

»Gut, reden wir nicht mehr darüber.«

»Wird Zeit«, sagt sie.

Der Weg schwingt leicht hinab in eine flache Niederung. Dort ist kurzes Gras und brauner Schlamm, den die Sonne ausgedörrt hat. Im Gras ruhen wiederkäuend schwarzbunte Rinder. Der wilde, herbe Thymian blüht, und reglos stehn die Fransenköpfchen der leuchtenden Flockenblume. Am Rande der Niederung wächst ein weites, schier endloses Buschfeld von blassgrünem Seedorn.

Wir schlüpfen in das Buschfeld. Ein fußbreiter Pfad schlängelt sich fahl um Stachelgesträuch und Dornenranken. Die Sonne brütet dumpf, und ich denke an die mühseligen Märsche verlorener Schatzgräber. Haik ist hinter mir. Sie bleibt jedes Mal zurück, wenn sie nach Brombeeren sucht. Ich warte dann, umsummt von Hitze und blutgierigen Bremsen. Einmal bringt sie Beeren mit, und wir essen beide aus ihrer hohlen Hand. Die Beeren sind rot und knurplig. Sie schmecken sauer und pressen mir die Augen zusammen. Weil sie von Haik sind, esse ich weiter. Und ein bisschen erfrischen tun sie auch.

Das Buschfeld endet ganz plötzlich. Ich sehe Strand und den einsamen Bodden und drüben,

wie fremdes Land, die grüne Küste der Insel Rü-
gen. Der Strand ist weiß und blendet. Das Wasser blitzt wie Kristall. Und kein Laut über der
Stille. Ich stehe stumm und erlebe die seltsame,
erregende Freude eines Jungen, der da glaubt, er
habe fern der großen Welt das letzte unberührte
Erdenwinkelchen entdeckt.

Dann ist Haik neben mir. »Gott sei Dank,
frische Luft.« Sie fächelt ihr glühendes Gesicht,
läuft bis zum Wasser, steckt die Füße hinein.
»Schön kalt.« Darauf schaut sie nach Norden und
Süden. »Kein Mensch. Die drücken sich alle vor
dem Weg. Wollen wir baden?«

»Ich habe nichts mit«, sage ich.

»Ich auch nicht«, sagt Haik.

Der Strand reicht im Norden bis zur
Steilküste und verliert sich nach Süden irgendwo
im Bodden. Er ist breit, und dicht am Buschfeld,
oft halb zwischen den Sträuchern, liegen die
Sandhügel von Kuhlen. Aus den Hügeln starren
wie verfilzte Palisaden tote dürre Zweige. Haik
springt in solch eine Kuhle, und ich sehe, wie
sie sich auszieht. Das verblüfft mich so, dass ich
nicht mal weggucken kann.

Sie tritt dann wieder hervor, braun und
nackt wie ein Mädchen vom Amazonas, und ich
denke, mir saust ein Hammer vor den Kopf.

»Kommst du nicht?«, fragt Haik.

»Doch«, sage ich, »doch«, und höre meine Stimme wie die eines Fremden. Haik streicht
aufwärts durch ihr Haar, dass es hochspießt

wie ein schwarzes Igelfell, lächelt munter und geht hinab an den Bodden. Sie ist eine schmalhüftige Indianerin, ein Mädchen, das baden will und nicht weiß, wozu die Menschen Badesachen erfunden haben. Alles an ihr ist gelöst, sauber, ist selbstverständlich wie die Luft, die sie atmet. Sie denkt nichts, schreit, dass der Sand auf einmal heißer sei, schmeißt Steinchen, damit ich mich endlich von der Stelle bewege, kühlt sich prustend ab, und ihr biegsamer Rücken glänzt von silbernen Wasserperlen.

Ich gehe zu der Kuhle, wo sie ihre Sachen hat. Im Sand liegen die Schuhe, die Shorts, der Pulli und etwas Seidiges, verknüllt wie ein dünnes Schaltuch. Die Sachen, wie sie dort kunterbunt liegen, sehen ganz aus nach Haik. Ich zögere. Das Seidenzeug macht mich kopfscheu. Gleich nebenan, nur durch den Wall getrennt, ist eine zweite Kuhle. Die gefällt mir besser. Ich ziehe mich aus und stehe dann wie Adam in der Kälte. Ein großer Satz über den Wall, ein schneller Lauf zum Strand, und das verhüllende Wasser macht mich wieder sicher.

Haik tobt mit dem Bodden. Sie schlägt ihn, reißt ihm Fetzen aus dem Wasserbart; doch der Bodden ist groß und ruhig wie ein weiser Mann. Was die braune Squaw zerwühlt, macht er mit einem gemächlichen Wellenschwuppser wieder glatt.

Der Bodden ist weithin flach. Ich wate und wate, und immer noch guckt der Nabel. Das Wasser ist klar bis auf den Grund. Ich sehe meine

Füße, Muscheln, Steine und den feingerillten Sand. Wie ein großes Waschbrett ist der Sand. Und jetzt kommt Haik.

Ich möchte das Wasser gern tiefer haben. Sie ist noch ein gutes Endchen weg. Ich stampfe vorwärts, so schnell ich kann, und mein Bauch schiebt eine plätschernde Bugwelle. Haik schnauft wie ein Robbentierchen. Wir begegnen uns, als mir das Wasser knapp unter die Achseln reicht. Haik ist kleiner und kriegt vom Bodden eine Halskrause. Sie breitet ihre Arme aus, legt sie flach aufs Wasser und schnippst mit den Fingern. Ihr Haar klitscht eng am Kopf. Die Augen strahlen zwischen nassen Stichelwimpern. Ein Weilchen steht Haik ohne Bewegung, schaut mich an und fängt an zu lachen. »Sieh doch, Paul, deine Badehose.«

Ich habe keine Badehose. Nur einen Streifen weißer Haut, so breit wie eine Badehose. Und Haik, der Teufel, lacht darüber. Sie hat den weißen Streifen nicht. Ich hebe beide Hände.

»Fängst mich nicht!« Sie schreit und ist weg, schnellt mir in die Beine, klammert und reißt. Ich stoße mich ab, sie hinterher, und als ich schwimmen will, um Boden zu gewinnen, hängt sie mir auf dem Rücken. Ihre nassen, harten Hände pressen meinen Nacken. Ich tauche, um sie loszuwerden, schwimme unter Wasser. Sie kann mich sehen und sitzt mir gleich wieder im Nacken. Ich drücke ihre Hände los, drehe mich blitzschnell und halte sie fest. Unsere Gesichter sind dicht voreinander, und Haik will ausreißen. Sie zappelt wie ein junger Hering, ist heimtückisch und tritt mir gegen das Schienbein. Da stuckse ich sie kurz unter. Sie schießt wieder hoch und spuckt, haut mir unversehens eine geballte Ladung Wasser in die Augen und krault weg. Ich hinterher. Sie krault flott und ausdauernd. Schulter links, Schulter rechts, und die Füße schlagen einen harten Wirbel. Ich versuche nicht, sie einzuholen, treibe sie vor mir her zum Strand.

Es liegt dann jeder in seiner Kuhle, und ich höre ihren schnellen Atem. Sie kommt nicht zur Ruhe, wühlt und räumt, als müsste sie in fünf Minuten hundert Tagewerke schaffen. Endlich wird es still nebenan. Nichts regt sich mehr. Der Bodden küsst zärtlich die Ufersteine, schwipp, und wieder schwipp, und noch hundertmal.

»Wie liegst du, Paul?«, fragt Haik.

»Auf dem Rücken.«

»Das blendet so die Augen. Auf dem Bauch ist besser.«

»Du schwimmst gut«, sage ich.

»Hast mich nicht eingeholt.« An ihrer Stimme merke ich, dass sie dabei den Kopf hebt und triumphierend zu den Strauchpalisaden emporschaut. Sehen kann sie mich nicht. Ich sie auch nicht.

»Wie spät ist es?«, fragt sie.

»Weiß nicht. Vielleicht Mittag, oder schon weiter.«

»Ich kriege Hunger.«

»Wir können ja eine Bockwurst essen, nachher, in Kloster.«

»Hast du Geld mit?«

»Ja.«

»Ich habe nie was mit.«

Das ist Haik. Um Geld und solchen Kram kümmert sie sich nicht. Ist ihr schnuppe. Sie ist da manchmal wie von gestern, halb wild, oder sie hat immer genug gehabt. Von ihrem Vater, der Delikatessen verkauft. Mich wundert, dass sie jetzt überhaupt an Geld denkt. Eine Bockwurst kann man essen, aber bezahlen? Klar, bezahlen, aber eigentlich ist das sehr unwichtig.

Sie wühlt sich anscheinend neu zurecht, stöhnt. Ein Stein fliegt aus ihrer Kuhle. »Du störst mich schon lange«, und zu mir: »Ich liege jetzt auch auf dem Rücken.«

»Blendet die Sonne nicht?«

»Ich habe die Augen zu.«

Danach schweigen wir. Der Körper saugt sich voll Sonne. Die Haut wird heiß und weich. Träges Wohlbehagen kriecht ins Blut. Ich lausche dem sanften Schwipp-schwipp des Boddens. Im Buschfeld, weitab, muht eine Kuh. Ich denke faul: Die rennen hier so frei herum; wenn ein Bulle dabei ist, bricht er vielleicht bis zum Strand durch und geht uns an. Das wäre ein Theater. Und Haik, die würde sich heiser schreien. Oder vielleicht gerade nicht. Dass sie feige ist, habe ich noch nicht bemerkt. Eher ist sie frech, aufsässig. Ich dusele langsam ein. Bilder wie Schemen gaukeln vor meinen Augen, und die Stimme von Haik höre ich irgendwann wie aus tiefer, rauschender Ferne.

»Paul?«, ruft sie verhalten.

»Ja?«

»Schläfst du?«

»So halb.«

Eine kleine Zeit verstreicht, dann sagt sie: »Gehen wir jetzt jeden Tag?«

»Hierher?«

»Überhaupt – acht Tage bleibst du noch?«

»Das war vorgestern.«

»Dann noch sechs.«

»Fünf«, sage ich, »am sechsten muss ich fahren.«

»Fünf bloß«, sagt sie wie zu sich selber, und ich nehme meine Finger und zähle. Es bleiben fünf. Eine Handvoll Tage noch auf der Insel, ein paar Dutzend Stunden mit Haik. Ich werde traurig, dass es mir wehtut. Fünf Tage noch – Und dann? Ein Herbst, ein Winter, ein Frühling. Und niemals Haik.

»Dann fährst du also bestimmt?«

»Ich muss doch.«

»Schreibst du mir?«

»Ja.«

»Oder kommst mal zu Besuch.«

»Ich weiß nicht. Wird schlecht gehen.«

Sie steht plötzlich auf.

»Was machst du?«, frage ich.

»Mich anziehen«, sagt sie, »zieh dich auch

an. Ich habe keine Lust mehr in der Kuhle. Man starrt dauernd die langweiligen Zweige an.«

Wir gehen zum Bodden und setzen uns nebeneinander und halten die Zehen ins Wasser. Das kühlt, und ein leichter Wind ist auch da. Haik hat den Kopf gesenkt und krakelt zwischen den gespreizten Beinen mit einem Holzstück im Sand.

Ich blinzle über den Bodden, das Kinn auf den Armen, die Arme auf den hochgestellten Knien. Wir wollen beide nicht sprechen, und das Schweigen mauert uns ein. Haik atmet tief. Sie bröckelt von dem Holzstück morsche Teilchen ab. »Wirst du nächsten Sommer hier sein?«

»Das ist lange hin.«

»Ein Jahr«, sagt sie. »Warum kannst du mich nicht besuchen? Ist das so weit? Wie weit ist es denn?«

Ich rechne über Berlin, schätze die Kilometer nach der Karte, wie ich sie ungefähr im Kopf habe. »Vierhundert bestimmt.«

»Na und? Das ist doch nicht weit.«

»Aber auch kein Katzensprung«, sage ich, »und dann ist noch die Grenze.«

»Grenze?«, fragt Haik, »ach so, die. Macht die was?«

»Sonst wäre sie ja nicht«, sage ich.

»Aber macht sie uns beiden was?«

»Ja … doch«, sage ich. »Ihr habt anderes Geld, ich kann mich nicht in den Zug setzen und einfach nach Hamburg fahren.«

»Was du brauchst, kriegst du von mir«, sagt Haik leichthin.

»Von deinem Vater – und der würde dir schön was erzählen.«

»Dann kannst du immer noch schwarz kommen.«

So einfach ist für Haik die Welt, so einfach. Ihre Finger haben das Holz zerbröckelt. Die Kuppen sind rot, und Haik fängt nun an, mit beiden Händen Sand zu schaufeln. Sie hebt ihn aus, und der Sand verrinnt im Nu. Ich lasse sie spielen, schaue wieder über den Bodden. Ich spüre ihre Nähe, und draußen, überm Wasser, flimmert die Sonne –

« Alles an ihr ist gelöst, so selbstverständlich wie die Luft, die sie atmet. »

Es kommt ein Morgen, der den jungen Tag auf sanften, wiegenden Armen trägt. Im blauen Himmel schwimmen Wolken, weiß und prächtig wie Schwäne, und der Wind aus Ost ist schwer vom Duft der Wiesen.

Ich frühstücke lange, vertrödele Zeit, mache dies und das und alles nur halb. Was ich auch sehe, höre, empfinde, nichts ist frei von Haik. Sie ist mir gegenwärtig, immerzu, ihr Haar, ihre Augen, ihr scheuer Mund – der heitere Glanz dieses Morgens ist Haik.

Vor dem Zelt nebenan werkelt das Ehepaar. Die Frau räumt auf, der Mann prüft seine Angelrute. Die Zahnschmerzen scheint er los zu sein. Er kauert zufrieden auf seinen dünnen Waden und ist in sich versunken wie ein kleiner Junge. Die Frau, die beinah noch ein Mädchen ist, bringt Schuhweiß und Sandaletten aus dem Zelt und kremt mit Sorgfalt und Hingabe. Vielleicht will man heute ausgehen, groß in Schale, und vielleicht wird der Mann seine Frau dann wieder mal ansehen wie vor drei oder fünf Jahren, als er sich nach ihr die Hacken abrannte.

»Hee, Paul!«

Der Volontäre ruft mich. Er hat gefrühstückt, wie ich, und gluckt mit seinem Quietschkasten im Gras. Gestern Abend haben wir wieder ein bisschen gesprochen, und als ich jetzt seine Stimme höre, finde ich nichts, was zwischen uns gewesen sein könnte. Ich bin darüber hinweg, weil ich nun weiß, dass er bei Haik nicht landen wird.

»Was machst du heute?«, fragt der Volontäre.

Ich hebe die Schultern. Was werde ich schon machen? Erst mal zu Haik, und das andere findet sich von selber.

»Hast du Lust auf 'ne kleine Spritztour im Boot?«

»Will dann ins Dorf.«

»Da kommst du ja bis Mittag nicht wieder, wa?«

»Nicht gesagt.«

»Aber Dusel hast du gehabt. Ich krebse immer noch und finde nischt.«

»Hier sind doch genug«, sage ich.

»Alles nicht die richtige Schau. Ich war gestern im Strand-Café, da gehst du vielleicht in die Wicken, bloß Enten und nischt fürs Herz. Und 'ne Musik, dass es dir die Socken auszieht. Inselbar hat wenigstens noch Schmiss. Rollt ihr heute Abend mit hin?«

152

»Glaube nicht«, sage ich und nehme mir vor, ganz bestimmt nicht in die Inselbar zu gehen.

Der Volontäre hat jetzt Musik. Eine Klarinette fudelt, als hätte sie Bauchschmerzen. Der Volontäre schlägt mit den Hacken Takt.

»Soll ich dir helfen, dein Boot zum Wasser bringen?«, frage ich.

»Lass man«, sagt er, »Chris und Bob wollen nachher kommen. Die können auch mal was machen.«

Chris ist der Tänzer, Bob der Maler. Ich will nicht warten, bis die beiden hier aufkreuzen, sage »mach's gut« und verziehe mich an den Strand. Das Klarinettengefudel wird dünn und vergluckert im sachten Schnalzen der See.

Ich vertreibe mir die Zeit, gaffe gedankenlos einem alten Mann zu, der am Wasser, wahrscheinlich auch gedankenlos, seine bloßen Füße betrachtet. Von überall wandert Badevolk herbei, schleppt Taschen, Sonnenhüte, Papierschirmchen, buntwollige Mäntel, schnattert angeregt und bezieht die stumme Garde der Strandkörbe. Bis Mittag wird man hier bleiben, einmal baden und zwanzigmal Öl auf die Haut gießen, lesen, faulenzen, skaten, je nachdem. Dann wird man essen, dann bis zum Abend wieder Badeleben treiben oder mit Sonnenbrand irgendwo in den Schatten kriechen. Und die Tage gleiten wie Federbällchen weg.

Langsam schlendre ich den Dünenweg hoch, biege rechts ab und komme genau auf den

Holunderkaten zu. Der Hammel ist heute weiter hinten angepflockt. Seine Beine sind frei, doch sobald er mich sieht, blökt er. Hammel blöken, wie Hunde bellen. Meistens ohne Grund. Ich mache mir vor dem Katen zu schaffen, binde meine Schuhe und schiele dabei zu den kleinen Fenstern. Die Gardinchen bewegen sich nicht. Es ist niemand dahinter. Doch es hätte ja sein können; Haik macht morgens sauber.

Nachdem ich die Schuhe dreimal auf- und zugebunden habe, fällt mir nichts Neues mehr ein, um noch länger auf der Lauer zu bleiben. Eigentlich war es dumm, mit den Schuhen anzufangen. Ich kann doch hineingehen, ganz offen. Ich soll kommen, hat Haik gesagt. Was stehe ich also und zögere? Die Tante kennt mich schon. Bestimmt ist sie eine nette Frau. Ich werde guten Tag sagen und keinen roten Kopf kriegen. Keinen? Ein bisschen wahrscheinlich doch.

In dem Stallraum, wo ich vorgestern den Hammelstrick gefunden habe, hackt jemand Holz. Durch die weißgetünchte Außenwand wummern dumpfe Schläge, unregelmäßig und nicht sehr stark. Die Tante, denke ich und habe einen guten Einfall. Man könnte ihr die Arbeit abnehmen, sie würde sich freuen, und ich hätte gleich gewonnen. Und der rote Kopf wäre dann vielleicht auch nicht.

Ich gehe die wenigen Schritte bis zur Stalltür. Sie sperrt weit auf, und Sonnenlicht flirrt über tanzenden Staub. Am Holzklotz steht Haik.

»Ach, du bist das!«, sage ich.

»Ja«, sagt sie und lässt das kurze Handbeil sinken. Um ihre Füße verstreut glänzt zerspaltenes weißes Holz. Im hinteren Stallwinkel entdecke ich einen hohen Berg handlich zugesägter Kiefernröllchen. Wenn keine Astknoten drin sind, macht es Spaß, die Röllchen zu spalten. Die Axt haut durch wie geschmiert. Trotzdem wundert's mich, dass Haik am Holzklotz steht. Ich greife nach dem Beil. »Lass mich mal.«

»In zehn Minuten.«

»Du hackst dir höchstens noch ins Bein.«

»Seh' ich so aus?« Und als sie das gesagt hat, vollbringt sie etwas, dass mir gleich schwindlig vor Augen wird. Sie nimmt das Beil in die linke Hand und hackt weiter.

»Rechts musst du doch«, rufe ich bestürzt.

»Wer soll sich das angucken!«

»Mach zu, die Augen.« Und das Beil knallt zielsicher ins Holz. »Staunst du, nicht wahr?« Die rechte Hand hält das Röllchen, das Beil blitzt, und nichts passiert. »Glotz doch nicht so«, sagt Haik. »Das mache ich jeden Tag. Als Training, glaubst du nicht? Ich bin beim Rudern, in Blankenese. Da brauche ich beide Arme, und« – ein neuer Schlag – »und weiche Händchen kriegen Blasen.«

»Aber jetzt hast du lange genug«, sage ich, damit sie bloß aufhört, links zu hacken. Das sieht aus wie verrückt. Und wenn man dauernd zuguckt, wird einem drehig im Kopf. Ich nehme ihr das Beil aus der Hand. Sie lässt es und hockt sich auf die Stallschwelle. »Wollen wir nachher ein bisschen baden?«, fragt sie.

»Können wir machen.«

»Am Nacktstrand?«

»Wo die halbe Welt so rumspringt –«

»Ist doch nichts dabei«, sagt sie.

»Ich find's komisch.«

Sie überlegt, fragt zögernd: »Und gestern?«

»Da war ja nicht die halbe Welt, bloß du.«

Sie schaut mir ein Weilchen zu, überlegt wieder, seufzt: »Na gut, ziehe ich was an. Aber viel ist das auch nicht. Was ihr bloß habt, Tante auch, aber die ist schon älter. Der Stoff macht doch gar nichts mehr weg. Mein Bikini ist so, guck mal«, sie streckt ihre Zeigefinger aus, und dazwischen sind zehn Zentimeter. »Ist doch egal, ob man das hat oder nicht.«

»Dann kannst du ihn ja auch anziehen«, sage ich.

»Aber ich seh's nicht ein.«

»Hauptsache, du ziehst ihn an.«

»Ja«, sagt sie gereizt, »schon gut, und sprich nicht mit mir wie ein Onkel.«

Weil ich nichts erwidere, sie einfach brummen lasse, flaut die aufziehende Sturmbrise schnell ab.

Wir gehen dann baden, gleich vorn, wo die letzten Strandkörbe stehen. Ihr Bikini hat wirklich bloß zehn Zentimeter. Er ist blau, rot, gelb, wie eine verkleckste Malerpalette, an der

Seite geschnürt. Er verdeckt nur wenig, aber eben genug. Haik gefällt mir besser so; der Stoff leuchtet auf der braunen Haut.

Am Nachmittag stromern wir durch die Heide, trudeln hinüber zum Bodden, legen uns lang ins Gras und führen Schlachten mit den Wolkenschiffen. Haik ist der Pirat. Sie hat immer die schnellsten, wendigsten Schiffe. Geschieht es mal, dass sich ihr Segler bläht und unförmig anschwillt, dann entert Haik kurzerhand die nächste Wolkenfregatte und zieht dort den Jolly Roger der Piraten auf. Später sind wir am Hafen. Beim faulen Umherschauen entdecken wir ein Plakat, auf dem mit Blaustift geschrieben steht: Ornithologenvortrag. Darunter lesen wir Tag, Uhrzeit, Ort und finden auch die Erklärung, was das ist: ein Ornithologenvortrag. Es ist einfach Vogelkunde. Im Heimatmuseum will einer über die Vögel der Insel sprechen.

Das Heimatmuseum steht kurz vor Kloster, dicht an der Steilküste, und war früher ein Rettungsschuppen vom Seenotdienst. Ich wollte sowieso mal reingehen, und warum soll man sich nicht anhören, was auf der Insel für Vögel leben? Haik scheint weniger Lust zu haben. Sie kraust die Nase. »Schule habe ich in Blankenese.«

»Ist doch ein Vortrag«, sage ich, »mit Lichtbildern.«

»Aber bloß Vögel.«

»Bestimmt schön bunt. Farbaufnahmen, hier steht's.«

»Wann ist es denn?« Sie liest noch mal. »Heute, zwanzig Uhr.«

»Wollen wir hin?«, frage ich.

»Aber wenn's langweilig wird, bleibe ich nicht.«

Ich verspreche ihr, dann auch nicht zu bleiben.

So sitzen wir beide Punkt acht im Obergeschoss des Rettungsschuppens. Der Schuppen ist außen wie ein alter Stall, roh und kantig hochgeklitscht, innen dagegen hat man ihn sauber geweißt und liebevoll als Museum hergerichtet. Unten ist die biologische Abteilung mit Pflanzen, Vögeln und einer schnauzbärtigen Robbe. Oben ist Heimatgeschichte. Die Fenster sind noch hell, und ehe der Vortrag anfängt, betrachten wir von unseren Plätzen aus einige der Ausstellungsstücke. Ein Fischerhaus im Modell, Schlittschuhe vom Urahn, Steine und Muscheln und Töpferwaren, eine Fischreuse unter den braunen Deckenbalken. Am auffallendsten sind zwei Hunde aus Porzellan, die einen dicken grinsenden Kopf haben. Im vorigen Jahrhundert war es Mode, dass die Schiffer solche Viecher aus England mitbrachten. Darum heißen sie englische Hunde und grinsen im Heimatmuseum jeden an. Wäre ich ein Museumsmensch, dann hätte ich sie an die Wand gepfeffert. Haik sagt, so was gehöre eben zur Tradition. Damit weiß ich nichts anzufangen. Wir sprechen aber nicht weiter darüber, weil jetzt die Fenster verdunkelt werden und der Bildapparat die aufgespannte Leinwand anstrahlt. Vorläufig bloß weiß.

Neben der Leinwand steht ein junger Mann, ein Student, der seit Wochen auf der Fährinsel lebt und Vögel beobachtet.

»Muss auch mal ganz hübsch sein«, flüstert Haik.

Der Student hält den Vortrag. Aber eigentlich macht er keinen Vortrag, sondern erzählt, und dazu kommen immer die Bilder. Vögel im Flug, im Nest, in den Wiesen, im Schilf. Junge Kiebitze, flaumig wie aufgepustet und schon frech; zierliche Strandläufer auf Streichholzbeinchen; wütende, langschnäblige Sumpfschnepfen und Möwen, Möwen. Ich habe gar nicht gewusst, dass es so viele verschiedene Möwen gibt. Mir sahen sie immer alle gleich aus.

Und Haik, die hat es wohl auch nicht gewusst. Sie hört zu, in sich selber versunken, und wenn ich jetzt anfangen würde, von wegen langweilig und lieber gehen, dann bekäme ich wahrscheinlich schön was gefaucht.

Ihre Hände ruhen im Schoß, und die Finger spielen mit der Eintrittskarte, ohne dass Haik es gewahr wird. Ihr Gesicht ist klein und weich, als wäre sie eben zehn Jahre alt. Eine ganz neue Haik sitzt neben mir, und ich muss sie immer wieder ansehen.

Als wir nach dem Vortrag ins Freie treten, weicht die späte Dämmerung der Nacht.

»War schön«, sagt Haik, »lütte Kiebitze sind ja niedlich.«

»Gar nicht einfach, das alles zu fotografieren«, sage ich.

Wir sind den Weg ein Stück abwärts gegangen, da bleibt Haik plötzlich stehen und fasst sich an den Hals. »Ich hätte eigentlich Durst.«

»Ich auch, aber hier gibt's nichts. Wir laufen schnell, da sind wir in fünfzehn Minuten in Vitte.«

»Halte ich nicht mehr aus«, sagt Haik.

»Hätte der Vortrag länger –«

»So was von Durst.«

»Bildest du dir ein.«

»Ein Glas Saft möchte ich jetzt trinken.«

»Aber doch nicht hier.«

»In der Inselbar«, sagt Haik, »es sind ja nur ein paar Schritte.«

Siehst du, denke ich, das hast du gleich geahnt. Inselbar. Haik kommt sonst um vor Durst. Sie will Saft. Den gibt es nur in der Inselbar. Also schnell hin. Mir gefällt das ganz und gar nicht. Ich finde auch nicht heraus, ob Haik wirklich so schlimmen Durst hat oder ob sie mir etwas vormacht. Doch das ist ziemlich schnurz. Jedenfalls will Haik zur Inselbar.

»Deine Tante wird warten«, sage ich.

»Ich bin doch zum Vortrag.«

Ja, freilich. Und ein Vortrag dauert manchmal bis in die Puppen. Ich gebe meinen Widerstand auf, sage nur noch: »Aber bloß ein Glas Saft, dann gehen wir.«

»Was denn sonst?«, sagt Haik.

Das große Haus liegt düster wie vorgestern. Durch die Terrassenvorhänge sickert Licht. Vor der Kajüte glimmen die Positionslaternen. Und brodelndes Geräusch ist unter den Bäumen. Haik will durch den Windfang. Ich fasse ihre Hand und zeige auf die Kajüte.

»Wollen wir lieber dort was trinken?«

»Na gut.«

Die Kajüte ist blaugeraucht wie eine Schifferstube. Sie hat fünf oder sechs Tische und einen kleinen klotzigen Tresen. In der Rückwand sind Bullaugen, das Glas echt, die Beschläge aufgemalt. Über dem Ecksofa hängt ein Stück Netz; und Glaskugeln, wie sie die Fischer benutzen, fangen den traulichen Schein altmodischer Leuchten ein.

Wir setzen uns an einen Tisch, der noch frei ist, und bestellen Saft. Haik spielt mit einem runden Ledertäschchen. Ich denke erst, sie hat einen Spiegel drin, höre aber dann Geld klimpern.

»Heute zahle ich«, sagt Haik.

»Kommt nicht in Frage«, sage ich.

»Doch, du hast vorgestern bezahlt; das gestern, für die Bockwurst, kriegst du übrigens noch wieder.« Sie macht sich nichts draus und zählt mir eine Mark fünfzig auf den Tisch, gleich hier, vor allen Leuten. Ich sitze wie mit Blut übergossen, gucke angestrengt zum Tresen und sage: »Er gießt den Saft schon ein. Steck das Geld weg.«

»Was hast du?«, fragt Haik.

»Und das Täschchen mach auch weg.«

Sie fragt nicht noch mal, guckt mich nur an, als sei ich nicht ganz bei Trost. Dann nimmt sie das Geld und wirft es samt Täschchen oben in ihren Pulli. Taschen hat sie wohl keine.

Der Saft kommt, und Haik trinkt gierig das halbe Glas leer. Ich sehe jetzt, dass neben dem Tresen eine zweite Tür ist. Über der Tür hängt ein Kasten, und der Kasten fängt auf einmal an zu sprechen. »Meine Herrschaften, wir bringen Ihnen nun den Holzhacker-Dixie.« Knacks, und dann schrumm-schrumm, »hört ihr die Dudeldudeldei, wir sind die Holzhackerleut –«

»Von nebenan übertragen«, sagt Haik. Sie kann auf einmal nicht mehr ruhig sitzen, guckt sehnsüchtig nach dem Kasten. Ich hab's ja gewusst. Der Saft ist alle, doch Haik denkt nicht an Aufbruch. Sie hört Musik, sie möchte tanzen.

»Wollen wir?«, fragt sie.

Ich schüttle den Kopf. »Der Takt ist zu schwierig.«

»Einfach Schieber.«

Ich will trotzdem nicht. Da sagt Haik: »Entschuldige, eine Minute, ich will nur mal sehen, ob Katerin hier ist.«

Sie huscht durch die Tür, in Pulli und Korsarenhosen. Die Jacke hängt traurig über der Stuhllehne. Ich sitze allein, der Dixie donnert, und mir ist gar nicht mehr wohl zumute. Ich hätte doch lieber tanzen sollen. Der Volontäre ist drüben, wahrscheinlich, und der Tänzer, die ganze Horde. Und aus der einen Minute werden fünf. Welcher Vogel hat mich bloß nachgeben lassen, als Haik mit ihrem Durst zur Inselbar wollte. Dudeldudeldei ... Holzhackerleut ... Wald lustig schallt – Zum Haarausreißen ist das.

Dann seh ich Haik und hinter ihr Katerin und hinter Katerin, da seh ich wohl nicht recht, kommt der Volontäre.

»Hallo, Paul«, sagt Katerin.

Und Haik: »Setzt euch ein bisschen.«

Und der Volontäre zum Tresen: »Flasche Wein.«

Und ich zum Volontäre: »Bei dir piept's wohl.« Worauf mich alle anstarren.

»Machst Spaß, wa?«, sagt der Volontäre.

»Nee. Ich will keinen Wein.«

»Ist 'ne Beleidigung.«

»Ich will gehen. Haik, was hast du versprochen, unten am Museum? Ein Glas Saft, dann gehen.« Sie ist nicht ganz sicher, wie sie antworten soll, gereizt oder zahm, und sucht einen Mittelweg. Sie tut beleidigt. »Du verdirbst einem jede Freude. Wo doch Katerin hier ist.«

Katerin, denke ich, wirklich nur Katerin? Meine Überlegenheit, das ruhige, sichere Gefühl vom Vormittag ist nicht mehr da. Dort sitzt der Volontäre, schön wie je. Hier sitzt Haik und will nicht nach Hause.

»Deine Tante ...«, sage ich.

»Hör doch damit auf«, faucht sie, und ihre Augen sind plötzlich dunkel.

»Na – Kinder«, mahnt Katerin.

»Ich habe einen Vorschlag«, ruft der Volontäre. »Wir machen die Flasche leer, dann ab durch die Mitte. Einverstanden, Paul?«

Der Wein fließt in die Gläser und funkelt wie klares Gold. Er duftet herb. Wir trinken uns zu, und Haik, als ihr Mund sich über den Glasrand wölbt, sieht mich an, schlürft den Wein und sieht mich an –

Im Lautsprecher schreit es »hepp-hepp-heppiho« – und »hoho« macht der Volontäre. Er springt federnd auf und beugt sich zu Katerin. »Tanzen?« Sie gehen rüber, ich gehe mit Haik hinterher.

Das Lied hat einen verrückten Rhythmus. Die Boogiepärchen hüpfen. Sie zucken wie Püppchen am Gummiseil. Ich versuche es mit Schieber. Das passt so einigermaßen. Es passt nicht richtig, das spüre ich. Doch ich halte mich wacker, und auf einmal saust mir Haik davon, kreist, wippt in den Knien, macht Boogie mit mir, und meine Füße geraten sich ins Gehege. Der Volontäre treibt es ähnlich. Nur Katerin spielt da nicht mit. Sie lässt ihn stehen. Er läuft verdattert hinterher und tanzt dann friedlich, auch nach Boogie, aber ohne Schlackern und Katzenbuckel. Katerin mimt jetzt mit. Mädchen finden sich anscheinend leichter zurecht. Ich komme nicht weg von meinem Schieber und kurve zwischen den Hüpferlingen wie ein würdiger Opa. Ein bisschen komisch ist das ja.

Nachher tanzt der Volontäre mit Haik, der Volontäre, ich staune, ganz sittsam. Und Haik sieht dabei sehr niedlich aus. Katerin liegt schwerer im Arm als Haik. Das fällt mir so nebenbei auf. Doch sonst tanzt sie gut, und eigentlich bin ich mit ihr sicherer. Haik spürt man kaum. Sie ist wie Luft, und das tut sich manchmal gerade, als ob man im Dunkeln eine Treppe hochsteigt und nicht weiß, wo die letzte Stufe ist. Mit Katerin schwenke ich links und rechts, ohne Angst, dass ich sie treten könnte.

In der Nische des Rudels hockt der Maler. Er ist allein und muffelt über seinem Bierglas. Die andern machen die Tanzfläche unsicher. Das Tänzerchen wieder vornean. Er spielt Hasche, mal auf zierlich, mal auf wild. Ich warte schon, dass die Kapelle wieder abklopft und anschließend der Nudistenruf gellt. Das geschieht aber nicht. Die Jungs in der Ecke bringen den Schlager zu Ende und spielen dann nur noch für Verliebte und zum Einschlafen. Tango, langsamen Walzer und einen Schleicher, den man hier »Blues« nennt.

Ich tanze jetzt dauernd mit Haik, der Volontäre dauernd mit Katerin. Zwischen den beiden schwebt und wispert was. Katerin hat Glanz in den Augen; sie sprechen heimlich mit dem Volontäre, und der guckt jedes Mal wie ein braver Hund.

Irgendwann taucht der Tänzer an unserem Tisch auf. »Haik, kommst du?«

»Ich bin mit Paul«, sagt Haik. »Musst ihn fragen.«

Der Tänzer tut es. Er macht sein Gesicht lang, als sei ich ein Stäubchen, das er sich vom Ärmel pustet. »Gestatten Sie?«

»Geh los«, sage ich. Darauf schaut er Haik an, verdutzt und empört, findet aber keine Unterstützung. Schaut mich an, entrüstet und gehässig, säuselt »Manieren sind das« und schlawinert backenblasend davon.

Der Volontäre grinst, hebt sein Glas. Wir trinken den letzten Wein, und Haik kriegt es plötzlich mit der Eile. Sie treibt uns hoch. Der Volontäre zahlt.

In der Straße draußen ruht die Nacht. Wir straucheln wie blinde Hühner. Die Luft schmeckt frisch und kühlt den Kopf. Haik schiebt ihre Hand in meinen Arm. Ich kann sie nicht sehen, fühle nur den zutraulichen Druck der Finger.

Der Volontäre verhandelt mit Katerin. Er will sie ans Boot bringen, doch Katerin will nicht, dass er's tut. Sie palavern hin und her, bis Haik losjammert, sie wolle endlich nach Hause und sei müde und die Tante warte. Weil es trotzdem kein Ende gibt, bringen wir Katerin gemeinsam ans Boot und gehen dann zu dritt über den schwarzverhangenen Landweg nach Vitte.

« Und die Tage gleiten wie Federbällchen weg. »

Beim Frühstück sagt der Volontäre: »Ich habe gar nicht gewusst, dass Katerin hübsch ist.«

Wir sitzen im Freien auf seiner Luftmatratze. Vor uns blafft mein Stinker. Das Flämmchen züngelt um den kleinen Tiegel und brät brutzelnd drei Eier. Der Kaffee ist fertig; wir pusten in unsere Becher, damit er ein bisschen abkühlen soll.

»Wirklich«, sagt der Volontäre, »ich hab's nicht gesehen, beim ersten Mal.« Er stiert über seinen Becher hinweg, und ich denke: Nicht gesehen, weil Haik dir in die Augen stach. Außerdem ist Katerin nicht gleich hübsch, man muss sie länger angucken.

Ich nehme den Tiegel hoch, drehe die Flamme aus, und mein Stinker stinkt noch mehr.

»Das soll einer aushalten«, sagt der Volontäre.

»Aber den Kaffee trinkst du«, sage ich, »und die Eier hat er uns auch schön gebraten. Lass man den Stinker.«

»Augen hat sie wie Samt.«

»Ja, ja.«

»Bloß so stur dürfte sie nicht sein.«

»Hier«, sage ich und gebe dem Volontäre einen Klacks Ei auf seinen Blechteller.

Er stochert mit der Gabel und sinniert. »Vielleicht muss sie bloß geweckt werden. Das gibt's. Mit solchen Mädchen ist es dann am schönsten.«

»Kannst dir aber auch ein paar Backpfeifen einhandeln.«

»Von Katerin?«, fragt er zweifelnd.

»Dein Ei wird kalt«, sage ich.

Der Volontäre hält die Gabel senkrecht wie ein Ausrufezeichen.

Der Eierklacks interessiert ihn nicht. Er ist mit Katerin beschäftigt, oder mit sich. Er sucht ein Mädchen für den Urlaub. Und Katerin, denkt er, wird ihm auf den Leim gehen. Die Gabel wippt.

»Da kann ich wetten, dass ich keine Backpfeife kriege.«

»Iss lieber dein Ei«, sage ich.

Er tut's und wammert dicke Gabelfuhren in den Mund. Seine Gedanken aber sind nicht beim Essen. Ich merke, wie er manchmal im Kauen innehält und nachdenkt. Vielleicht hat ihn das mit Katerin doch ernster erwischt. Zu gönnen wäre es ihm. Er ist leichtes Spiel gewöhnt. Katerin, wenn sie aufpasst, könnte ihn ein bisschen heilen. Bloß aufpassen muss sie. Der Volontäre gefällt ihr, das habe ich in der Kajüte gesehen. Wenn sie ihm zufliegt, wird er sie nicht mehr hübsch genug finden. Ich glaube aber, Katerin weiß, wie sie den Volontare kleinkriegen kann. Dass er gestern Abend mit uns gehen musste, war schon gut. Er sitzt und kaut an seinem Ei und schmeckt nicht, was er kaut. Katerin hat ihn aus dem Gleis gebracht.

»Stur«, sagt er, »stur ist sie ja. Auch beim Tanzen, so zurückhaltend, etepetete. Lässt mich einfach stehen, hast du das mitgekriegt, gestern?«

»Bist ja auch gehopst, als hättest du Flöhe in der Hose.«

»War doch Boogie, Mann.«

»Den kann sie außerdem gar nicht.«

»Hab' ich gemerkt. Werd 'n ihr mal beibringen.«

»Aber auf verrückt macht sie nicht mit.«

»Soll sie ja nicht, bloß ein paar Takte lockerer«, er scheppert die Gabel gegen den leeren Teller, »so ungefähr, leichter in den Gelenken. Könnte dir übrigens auch nicht schaden. Du gurkst ziemlich steif durch die Gegend. Dabei lässt sich mit Haik prima tanzen.«

Ich antworte nicht und räume das Geschirr beiseite. Was der Volontare eben ausgesprochen hat, wurmt mich, seit ich mit Haik das erste Mal getanzt habe. Ich bin steif, unsicher, kein bisschen forsch. Aber Boogie? Ich und Boogie?

»Gibt ja verschiedene Arten«, sagt der Volontare. »Mit Anspringen und Schüttelfrost, das gebe ich zu, ist 'ne Idee zu verrückt. Aber so 'n ganz zahmer Boogie schadet nicht.«

Da hat er vielleicht nicht mal unrecht, denke ich. Und Haik, die würde Augen machen, wenn

Paul so mir nichts, dir nichts loslegen würde. Aber nee. Zum Hüpferling habe ich nicht die Beine. Aber Haik würde staunen. Ich kratze einen Rest Ei vom Tiegelrand und sage zum Volontäre: »Ist nicht einfach, Boogie, wie?«

»Kinderleicht.«

»Na ja, du hast Anlage dafür.«

»Trotzdem. In zehn Minuten hast du ihn weg. Wetten?«

»So sehr interessiert's mich nicht.«

»Ich mach's dir mal vor.«

»Besser, wir machen die Teller sauber. Sonst bäckt das Eierzeug fest.«

»Hat Zeit.« Der Volontäre ist aufgesprungen, pfeift durch die Zähne und fängt an zu tanzen. Das junge Ehepaar, das gerade Badesachen zurechtlegt, verrenkt sich die Hälse. Die Frau mit rundem interessiertem Mündchen, der Mann ohne Gesicht im Gesicht; er kapiert nicht, was der Volontäre treibt. Von der andern Seite grinsen die Sportler. Sie wollen zum Strand und nehmen den Spaß noch mit. Ich bin froh, als sie davontraben. Dass sie über den Volontäre gefeixt haben, ist mir unangenehm, weil jeder sehen kann, dass er mir was vortanzt. »Geh wenigstens hinters Zelt«, sage ich zu ihm.

»Lass doch die Kacker«, sagt er.

Hinter dem Zelt beginnt er mit einem theoretischen Vortrag. Ich bin mitgegangen, ohne eigentlich zu wollen, das heißt, ich will schon, aber es kommt mir lächerlich vor. Ich werde auch bloß zuhören und zusehen, selber mithüpfen werde ich nicht. Und wenn überhaupt, dann lerne ich nur den allerzahmsten Boogie. Die Schritte, damit ich das Steife loswerde.

»Rechts wird angefangen«, sagt der Volontäre. »Musst also umschalten. Sonst fängt man links an. Boogie also rechts, dann eins – zwei und schnell drei-vier. Noch mal: Eins – zwei – drei-vier. Gesehen? Mach mit, komm. Nicht? Dann guck noch zu. Also: Eins – zwei – drei-vier. Und weich in den Knien, weich, verstehste? Los, nun mach schon. Die Raffinessen mit Wegschmeißen kommen später. Erst musst du das gefressen haben.«

Ich fresse es aber nicht. Ich versuche zögernd die ersten Schritte, und der Volontäre sagt: »Du eierst wie ein Gaul bei Glatteis.«

»Weich, denk ich.«

»Aber mit Eleganz.« Er pfeift durch die Zähne und boogiet, dass die Gräser zittern. »Gesehen?«

»Ja, aber ich kann's nicht.«

»Musst du üben. Üben ist die Mutter der Porzellankiste, haha.«

»Ach, Quatsch. Es ist mir zu blöde.«

»Pass auf, jetzt mal mit Wegschmeißen. Die Dame, musst du dir vorstellen, hat die Hand quer überm Rücken, da, so«, er greift in die Luft, wo ich mir das Mädchen hindenken soll, hippelt auf der Stelle, »so, und dann ausschleudern, ranziehen, dann kannst du dich mal drehen, dann mal mit Einhaken machen und Klatschen, dann wieder über Kreuz und weg die Sachen.«

»Begreife ich nie«, sage ich. »Das Eierzeug bäckt fest, ich will mal die Teller abspülen.«

»Letzter Versuch«, sagt der Volontare. Er nimmt meine Arme, knickt sie ein, sodass die Hände wie Hasenpfötchen baumeln. »So hältst du die Dame in Ausgangsstellung. Jetzt die Beine.« Er baut an mir herum, drückt gegen die Kniekehlen, dreht mir die Füße leicht einwärts. »So, nun guck dich an, so geht's los.«

»Wie ein Idiot«, sage ich.

Und hinter mir, vom Zelt her, sagt jemand: »Aber genau.« Ich drehe den Kopf, ganz schnell, ohne meine Haltung zu ändern; und dort, am Zelt, steht Haik. »Was macht ihr«, fragt Haik, »Affendressur?«

»Paul lernt Boogie«, kräht der Volontare.

Ich lasse die Arme sinken, langsam, stelle die Füße normal und starre auf Haik. Affendressur, hat sie gesagt. In ihrem Gesicht aber lese ich so viel offenen Spott, dass mir jedes Wort im Munde bleibt. Ich begreife sie nicht. Ich begreife auch nicht, warum sie nichts mehr sagt, uns bloß anschaut und abwesend an der Zeltleine rüttelt. Was hat sie denn? Ihretwegen wollte ich doch lernen. Warum guckt sie mich an, als wäre ich der traurigste Esel weit und breit?

»Das Zelt wird einfallen«, sagt der Volontare.

»Wäre nicht schade.« Haik lüftet hochmütig die Augenbrauen und geht. Sie geht. Sie lässt uns stehen, lässt mich stehen. Ihr Pulli ist quergestreift, rot-weiß, die Shorts sind kurz, die Beine braun. Das alles ist Haik, doch ich starre hinterdrein, als wäre es nicht Haik, als ginge dort ein fremdes Mädchen. Dann sagt der Volontäre: »Die spinnt wohl.« Ich höre es kaum, und ohne ihn anzusehen, folge ich Haik. Sie überquert den Dünenweg und setzt sich nieder, wo die Böschung zum Strand abfällt. Sie hat ihre Knie dicht an den Leib gezogen und die Arme darumgelegt. Als ich neben ihr bin, wippt sie mit den nackten Füßen. Ihr Blick flieht über den Strand.

»Was ist denn?«, frage ich.

»Nichts«, sagt sie. »Du hast so dumm ausgesehen.«

»Dumm?«

»Ja«, sagt sie, »dumm.« Ihre Stimme klingt gleichgültig und trifft mich wie ein nasses Tuch. Ihre Zehen spielen munter. »Glaubst du's nicht?«

Doch, ich glaube es, ich schäme mich sogar, aber ich lasse mich nicht abkanzeln wie ein Blödian. Mit dem Volontäre und dem Tänzerchen ist sie herumgesprungen, und mich nennt sie dumm. So einfach hin, als hätte sie gesagt: Die See ist blau.

»Was redest du«, sage ich. »Selber bist du wie verrückt nach Boogie.«

Sie lacht belustigt. »Erstens bin ich nicht verrückt danach, und zweitens sehe ich nicht dumm dabei aus.«

Das Letzte stimmt jedenfalls, und weil mir nichts anderes einfällt, frage ich: »Aber der Tänzer, der sieht forsch aus, wie?«

»Du bist nicht der Tänzer.«

»Ist doch egal.«

»Nein«, sagt sie, »nicht egal«, und presst feindselig die Lippen aufeinander.

Ich gucke den Strand hinab. Die Sonne scheint. Ein kleiner Blondkopf baut Wasserburgen, dicke Wälle, hohe Türme, die immer wieder einstürzen. Der Kleine klatscht Wasser dran. Seine Hände kleben von nassem Sand. Wenn ich mitspielen könnte, denke ich.

Vom Lager kommt der Volontäre. Ein Stück entfernt liegt sein Boot kieloben am Wasser. Es scheint, er will paddeln. Er geht an uns vorüber, zwinkert mir zu und fragt halblaut: »Haussegen schief? Kleine Spritztour machen, Fräulein?«

»Holzkopf«, faucht Haik.

Der Volontäre markiert Angst und springt wie ein Känguruh. Er hat ein knappes weißes Höschen an. Sein Rücken ist schlank; im Nacken filzt das Haar.

»Tarzan«, sagt Haik.

Der Volontäre kippt sein Boot auf den Kiel, schleift es zum Wasser und steigt ein. Bevor er lospaddelt, winkt er großspurig. Das weiße Gebiss blitzt frech.

»Affe«, sagt Haik, und zu mir: »Warum bist du denn nicht mit?«

»Habe doch gar keine Lust.«

»Hättest ruhig gehen können. Machst ihm ja sonst alles nach.«

»Du stänkerst«, sage ich.

»Ach je.«

Dann schweigen wir lange. Dann reißt sie Strandhafer ab und wickelt die schilfigen Halme um ihre Finger.

»Das soll man nicht«, sage ich.

»Ich mach's aber«, sagt sie schnippisch.

»Strandhafer abreißen ist verboten.«

»Deine Predigten brauche ich nicht.«

»Und ich deine nicht!«

»Wieso meine?«, fragt sie unschuldig. »Habe ich eben gepredigt?«

»Vorhin hast du.«

»Das war etwas anderes.«

»Gar nichts anderes.«

»Doch«, sagt sie wütend. »Du sollst nicht hüpfen wie ein Affe.«

»Wenn ich's erst mal richtig kann –«

»Du lernst es nie. Es passt nicht zu dir.«

»Hoho«, sage ich. »Aber zu deinen Freunden passt's, wie?«

»Die können nichts weiter. Aber wenn du es unbedingt nachmachen willst –« Sie verhält ihren Atem und blickt geradeaus.

»Was ist dann?«, frage ich.

»Dann?«, sagt sie und wendet mir langsam das Gesicht zu. Es ist blass unter der kupfernen Bräune. Ihr Haar franst schwarz in die Stirn.

»Dann bist du genauso dumm«, sagt sie, »und kannst mir gestohlen bleiben.«

»Na gut, bin ich dumm und Schluss!« Ich höre mich sprechen, höhnisch, leichtfertig, grob, und weiß nicht, wo diese Stimme herkommt. Denn meine Stimme ist das doch nicht. Ich wollte Haik nicht kränken. Und eine schnelle, lähmende Angst ist da, als sie mich jetzt anschaut, verblüfft und traurig, als sie aufsteht und an ihren Hosen zupft und wortlos davongeht, nach Süden.

»Haik«, sage ich.

Sie bleibt nicht stehen und wendet nicht den Kopf.

»Haik!«, rufe ich.

Sie springt hinab zum Strand und läuft am Wasser weiter, schiebt die Hände in die Taschen, und der kleine Nacken ist steif nach vorn gebeugt.

Haik – denke ich und rufe nicht mehr.

Was geschieht nun? Stürzt der Himmel ein, verkriecht sich die Sonne? Nichts geschieht. Der Himmel bleibt blaue Stille, die Sonne bleibt weißes Licht. Und der Blondkopf, da unten bei seinen Burgen, pappt weiter zu Füßen der schwappenden See. Alles noch wie eben. Nur Haik ist nicht mehr da.

Wie konnte das sein, so schnell! Schnell? Stimmt ja nicht. Es war Streit von Anfang an, Gewitterluft. Sie hat den Streit mitgebracht. Sie tanzt mit den Hüpferlingen und will mir verbieten, auch so zu tanzen. Was fällt ihr ein? Ich brauche keinen Vormund. Ich weiß selber, was zu mir passt. Und nachmachen tue ich schon lange nichts. Nein, nichts. Aber das hinterm Zelt, was war denn das? –

Haik läuft ohne Halt. Ihre Gestalt ist dünn und manchmal, vor der gleißenden See, wie ein hilfloser schwarzer Schatten. Haik, die Sprotte, geht nach Süden, und ich ahne, sie wird nicht wiederkommen. Es ist keine Laune, die sie treibt, kein vorüberquirlendes Spiel ihrer schnellen Gedanken, nichts, was von selber wieder abklingt. Haik ist enttäuscht. Ich habe sie enttäuscht. Und wenn ich nicht renne, jetzt gleich, sie nicht festhalte und ihr sage, dass alles Unsinn ist, dass ich kein Tänzerchen werden kann, bleiben muss, wie ich bin – wenn ich das nicht tue, wird der Tag heute enden ohne Haik. Dieser Tag und die nächsten – und es sind nur noch drei. Nur noch drei.

Ich werde gefügig vor dem plötzlichen Schmerz einer tiefen, unfassbaren Leere. Drei Tage noch mit Haik, eine halbe Woche, ein winziges Stückchen Zeit, das vor den blinden Augen wie flüchtiger Sand durchs Stundenglas rinnt. So schnell, unwiederbringlich, und ich sitze, brüte erboste Gedanken, dumme Gedanken. Dort hinten geht Haik. Der Tag ist hell, leicht, klar. Ich mache ihn düster und schwer. Ich bin ein Esel. Jetzt nicht mehr. Denn meine Beine laufen, rennen, queren den Strand in weiten Sätzen.

Unten am Wasser ist der feuchte Streifen; die See hat ihn hartgewaschen, die Füße finden besseren Halt. Ich komme schnell voran.

Als Haik noch hundert Meter vor mir ist, betritt sie die Kralsgegend der Nudisten, und aus dem Geflecht einer Strauchburg springen drei nackte Kerle. Zwei davon erkenne ich sofort: den Tänzer, den Maler. Den dritten, einen Lulatsch mit käsiger Haut, habe ich nie zuvor gesehen. Sie tänzeln vor Haik, reden auf sie ein. Dann sehen sie mich und gucken verkniffen, bis ich heran bin.

Draußen in See, mit uns auf gleicher Höhe, paddelt der Volontäre. Er lenkt sein Boot jetzt zum Strand. Ich stelle mich neben Haik und drücke den keuchenden Atem nieder. Mein Kopf ist heiß, als wolle er platzen. Der Tänzer grinst unverhohlen.

»Wer ist denn nun die Kleine?«, fragt grämlich der käsige Lulatsch.

»Das ist Haik«, erklärt der Tänzer, »das spröde Mädchen. Und diss dort«, er zeigt auf mich wie ein Fremdenführer, »ist ihr Freier.«

Dann feixt er in seiner glucksenden Manier.

Ich rücke ihm auf den Pelz. »Lass ihn«, sagt Haik, und zu den dreien, schroff: »Was wollt ihr?«

Der Tänzer feixt weiter. »Gor nix. Vielleicht bleibst du ein wenig hier?«

»Bei euch?« Sie betrachtet die nackte Rotte. »Euch fehlt wohl was?«

»Nicht, dass ich wüsste«, sagt der Tänzer.

»Komm.« Haik fasst meinen Arm, doch die Adamsfiguren verwehren uns den Weg, lächelnd, scherzend, sanft.

»Was soll das!?«, sagt Haik.

»So böse?«, fragt der Tänzer.

»Verschwinde, sonst klebe ich dir eine.«

Und jetzt meldet sich wieder der grämliche Lulatsch. »Dazu haben Sie kein Recht. Wir haben im Gegenteil das Recht, Ihnen das Passieren unserer Region zu verweigern.«

»So was Blödes«, sagt Haik, und ich höhne: »Einen Kitt habt ihr, ihr nacktigen Hamster.«

»Hört doch«, flüstert der Tänzer. »Man sollte ihm das Schnäuzchen bürsten.«

»Frechheit«, sagt der Lulatsch. »Sie werden ausfällig, junger Mann. Sie scheinen nicht zu wissen, dass wir Nudisten einen Kodex haben. Zum Beispiel könnten wir Sie und diese niedliche junge Dame einmal kurz ausziehen –«, er flötet das Letzte, knallt grob hinterher: »Und dann ins Wasser schmeißen!«

»Den nicht«, sagt der Tänzer, »ist uninteressant. Aber Haik, wie wär's denn, Brüder?«

»Du Miststück«, sage ich, und gleich darauf knallt es.

Der Tänzer greift sich verdutzt an die Backe. Haik hat ihm eine geschenkt. Ich springe vor, dränge sie hinter mich. Ich sehe den Strand fast menschenleer, sehe auch noch das Boot des Volontäre, dicht am Ufer, in jagender Fahrt. Dann macht der Tänzer etwas Verblüffendes.

Er verkrallt seine Hände und spukt mich an. Ich spüre ein nasses, ekles Klatschen, und in nächster Sekunde reißen die Krallenfinger über mein Gesicht. Das Luder kratzt, die Kröte, verfluchte, kratzt. Ich schlage zu, auf den Mund, immer auf den Mund, den Pflaumenmund. Gespuckt hat er. Ich werd's ihm ausdreschen. Gekratzt hat er. Ich werd's ihm heimzahlen. Das Spucken und Kratzen soll ihm vergehen. Was ist denn, Tänzerchen, was willst du mit deinen pendelnden Ärmchen? Ich schlage sie runter, da, und wieder eins auf den Pflaumenmund.

Du hast genug? Du hast noch lange nicht genug! Für alle deinesgleichen kriegst du mit.

Dann plötzlich gellt die Stimme von Haik, schrill, warnend, und zwei dicke Arme sind da, die meinen Hals von hinten umklammern, und ein Zweizentnersack stößt mir die Beine weg. Ich strauchle, falle, der Tänzer johlt wie rasend. Ich komme nicht wieder hoch, und hagelnde Schläge decken meinen Kopf. Der Maler, denke ich benommen, der Maler, und jetzt, die Fußtritte, das ist der Tänzer. Und in dem Tumult, die brüllende Stimme, das ist der Volontäre.

»Weg da, ihr Krüppels!« Ich kriege Luft, stoße mich frei. Leute kommen gelaufen, vornweg ein mageres Kerlchen mit Lendenschurz. Onkel Erwin. Er schwingt seinen Stock, der Stock saust dem Tänzerchen über den nackten Popo.

»Sie alter Stinker!« Und Tänzerchen hopst wie vom Affen gebissen.

»Ich werd'dir helfen«, schreit Onkel Erwin.

Und Zuschauer sind jetzt da, ein Dutzend, zwei Dutzend; ein wogender Kreis, empört, fra-

gend, neugierig; Männlein und Weiblein, halb-
nackt oder ganz nackt, eine lächerliche ernste
Gesellschaft.

»So etwas, nein«, sagt jemand.

»Wie wüst der Kerl dort aussieht.«

Der Kerl bin ich. Mein Auge schmerzt. Ich
muss eins draufbekommen haben. In meinem
Gesicht ist Blut, es gerinnt und spannt die Haut.
Das Tänzerchen aber hat keinen Mund mehr.

»Wie er ihn zugerichtet hat«, seufzt eine
dürre Dame und lüftet heuchlerisch die schwarze
Brille. Und allgemeines Mitleid hüllt den Tänzer
ein.

»Geschah ihm recht«, sagt Onkel Erwin.
»Er ist schuld, er selber.«

»Ich?«, schreit der Tänzer, sein Stimmchen
qualstert hysterisch.

»Jawohl, du«, sagt Onkel Erwin. »Du bist
schuld. Ich habe alles gehört, von Beginn an –
Ruhe, unterbrich mich nicht. Ich habe dort gelegen«, der Stock weist auf eine nahe Burg, »dort,
und mir ist kein Wort entgangen. Du und deine
Kumpane, ihr wolltet das Mädchen ausziehen –«

»Nicht wahr«, schreit der Tänzer, und der grämliche Lulatsch spricht: »Wir haben lediglich einen
lehrsamen Spaß gemacht.«

»Das sehe ich«, sagt Onkel Erwin erregt.
»Ihr seid von der Sorte, die unsere Ideale –«

»Bind sie dir meinetwegen an den Hals!«
Der Tänzer keckert. Er findet keinen Beifall, nicht
einmal bei der schwarzbebrillten Dame.

Ich drücke mein Taschentuch an die Backe. Haik nimmt es mir ab, tupft über das Gesicht, hierhin, dorthin, überall. Der Luderhund muss mich schön zerkratzt haben.

»Wie du aussiehst«, sagt Haik, doch es klingt anders als aus der Runde der Gaffer.

Onkel Erwin hat seinen Stock in den Sand gestoßen. Er steht dahinter wie ein Kläger. »Ich werde dafür sorgen«, sagt er zum Tänzer, »dass du hier wegkommst. Ich sorge dafür.« Dann zischt er: »Ferkel, verderbtes«, schnappt den Stock, schreitet davon. Als der Tänzer abfällig grinsen will, klafft sein verschwollener Mund komisch und traurig.

Nach und nach zerstreut sich die Gilde der Gaffer. Man hat genug gegafft. Der heiße Sand der Burgen wartet. Man wird sich eingraben und vielleicht noch ein bisschen von den Raufbolden schwatzen, den ungehörigen. Flegelei, den Bade-frieden zu stören. Natürlich nur, weil prüdes Volk hier eingedrungen ist.

Die Adamsfiguren stehen betreten. Sie wissen nicht, was sie noch sollen. Der Lulatsch hat seine Hände vor dem Schoß. Er schämt sich doch nicht, mit einem Mal? Der Maler klemmt Steinchen zwischen die Zehen. Nur der Tänzer mustert uns frech. Dann geht der Lulatsch, geht der Maler, als Letzter streicht das Tänzerchen ab. Die nackte Rotte kriecht ins Strauchgehege ihrer Burg.

»Vorhang runter«, sagt der Volontäre.

»Letztes Bild vom ersten Akt. Was jetzt?«

»Paul muss sich waschen«, sagt Haik.

»Bis später dann.«

Alf, der Volontare, macht sein Boot klar. Wir sehen zu und schieben es ab. Die Paddelschaufeln werfen schimmerndes Wasser. Am schnittigen Bug zerspringt ein silbernes Wellchen. Das Boot macht Fahrt.

Wir waten durch Sand, der unter den Fußsohlen schnirpst. Die Sonne sticht. Haik rollt den Pulli bis an die Brust. Ich trotte schweigend. Mein Kopf brummt wie ein Bienenhaus, die Kratzstreifen beißen teuflisch.

Hinter dem Dünenhang ist der Weg, und wabernde Hitze flammt aus der Heide. Das dürre Kraut riecht trocken; über den Spitzen schwebt schleierdünn die junge Blüte.

Haik betrachtet mein Gesicht. Sie bleibt stehen, und ihre Fingerspitzen tasten. »Das Auge schwillt an«, sagt sie.

»Kommt mir auch so vor.«

»Wir gehen am besten zur Tante.«

»Was dort?«, frage ich.

»Umschläge machen«, sagt Haik. »Und Jod auf das Zerkratzte. Vielleicht hat er schmutzige Fingernägel gehabt.«

Fern im Norden schweigt das Hochland, in den Himmel geschmiegt wie der sanfte Rücken eines schlafenden Tieres. Nichts ist ruhiger, erhabener, schöner –

»Komm, gehen wir«, sagt Haik.

« Fern im Norden schweigt das Hochland, in den Himmel gezeichnet
wie der sanfte Rücken eines schlafenden Tieres. »

Benno Pludra (geboren 1925 in Mückenberg/ Stadt Lauchhammer, gestorben 2014 in Potsdam), schrieb Erzählungen und Romane für Kinder und Jugendliche. Mit einer Gesamtauflage von über fünf Millionen Exemplaren gilt er als erfolgreichster Jugendbuchautor der DDR-Literatur. Titel wie »Bootsmann auf der Scholle« (Berlin, 1959) oder »Lütt Matten und die weiße Muschel« (Berlin, 1963) sind Legende. Teilweise erschienen seine Bücher auch in westdeutschen Lizenzausgaben. Mehrere seiner Werke wurden verfilmt.

»Kleine Prosa eines großen Autors – Die literarische Qualität eines Textes lässt sich auch daran ablesen, ob er altern kann. Pludras Erzählung erschien in der DDR bereits 1956. Dieses kleine Stück Prosa, Kammerton, auch nach 30 Jahren noch taufrisch, ist lesenswerter als der modisch aufgemöbelte Wörterschrott vieler heutiger Texte. ... Pludra ist weder wehleidig noch nassforsch, weder salopp noch sinnhuberisch. Statt schick aufgepeppter Empfindeleien fasst er behutsam, knapp und humorvoll winzige Episoden (es passiert fast nichts) in eine leise wunderschöne Liebesgeschichte. Statt ›irrer feelings‹ schildert er zärtlich und mit Witz den Zustand erster Liebe. Ein brillanter Autor, der die desavouierenden Klassifizierungen in sogenannte Literatur-Literatur und Jugend-Texte total überflüssig macht.«

Ute Blaich, in: DIE ZEIT, Nummer 42/1987

NACHWORT

*»Fern im Norden schweigt das Hochland, in
den Himmel geschmiegt wie der sanfte Rücken eines
schlafenden Tieres. Nichts ist ruhiger, erhabener,
schöner –«*

Mit einem prägnant-poetischen Ausblick
auf das Hochland der Insel Hiddensee schließt
die Erzählung »Haik und Paul« von Benno Pludra
aus dem Jahr 1956. Obschon diese beinahe mär-
chenhafte Beschreibung noch heute unverändert
Gültigkeit besitzt, ist die Zeit an etlichen Stellen
auch am Söten Länneken nicht spurlos vorüber-
gegangen.

Verändert haben sich ebenfalls die Ausgaben von »Haik und Paul«: Wenn Ute Fritsch,
Autorin, Verlegerin und Hiddensee-Verrückte
während ihrer literarischen Insel-Spaziergänge
auf »Haik und Paul« als einen ihrer Lieblings-
texte zu sprechen kommt, dann musste sie in-
teressierte Gäste bislang darauf verweisen, dass
diese Erzählung nur noch antiquarisch zu er-
halten sei. Aber bitte in einer frühen Ausgabe,

denn solche enthielten eben diese zauberhaften Landschaftsbeschreibungen wie die obige, die in späteren Überarbeitungen leider teilweise fehlen. Diesem Mangel helfen wir mit der vorliegenden Sonderausgabe von »Haik und Paul« ab.

Wir orientieren uns dabei an der 3. Auflage des Textes aus dem Jahr 1958, erschienen im Verlag Neues Leben Berlin, damals illustriert und gestaltet von Eberhard Binder-Staßfurt, der etwa auch die Illustrationen für das Kinderlexikon »Von Anton bis Zylinder« oder das Jugendweihe-Geschenkbuch »Weltall Erde Mensch« schuf. Mit der Berliner Zeichnerin Inka Erichsen haben wir für dieses Buch die Illustratorin gewinnen können, deren poetische Zeichnungen uns vom ersten Augenblick an für eine Neugestaltung des Textes vorschwebten. Wer wäre dafür auch besser geeignet als jemand, der selber eine ganze Weile auf Hiddensee gelebt hat und die Insel-Sehnsucht so unvergleichlich zu Papier bringt?

In der Tat haben die älteren Ausgaben von »Haik und Paul« ihren ganz eigenen Charme: Es mag altmodisch wirken, wenn zwei junge Leute sich zu Anfang siezen. Manche Landschaftsbeschreibung mag für jemanden, der die Insel nicht aus eigenem Erleben kennt, entbehrlich sein. Benno Pludra hat später einige Änderungen und Streichungen am Text vorgenommen. Über die Gründe können wir nur spekulieren. Jedenfalls sind wir den Söhnen Benno Pludras zu Dank verpflichtet für die Erlaubnis, den Text von 1958 zu verwenden. Darin findet sich etwa noch die Passage über die »Grenze«, die seinerzeit bereits ein Hindernis für den DDR-Bürger Paul darstellte, Haik in Hamburg zu besuchen (Seite 146 f.).

Haik aus Hamburg-Blankenese und Paul aus der Braunkohlegegend der Niederlausitz wären heute achtzigjährige Herrschaften. »Komm, gehen wir«, sagt Haik. Mauerbau 1961, Wiedervereinigung 1990, dreißig Jahre DDR und Sozialismus, dreißig Jahre Bundesrepublik und soziale Marktwirtschaft ... Was wohl aus »Haik und Paul« geworden ist?

Peter und Katrin Hoffmann
STRANDLÄUFER Verlag, Stralsund

Kehren Sie auf Ihrem
Rückweg von der Insel
auf ein gutes Buch ein in der

STRANDLÄUFER
Verlagsbuchhandlung
im Museumshaus
Stralsund
Mönchstrasse 38

am Neuen Markt
direkt auf dem Weg
zum Hauptbahnhof!

strandläufer-verlag.de

GRAFIKAGENTUR • IRINA STEIN

LOGO • VISITENKARTEN • BRIEFPAPIER • FLYER • PREISLISTEN

ANZEIGEN • BROSCHÜREN • PLAKATE • FOLDER

POSTKARTEN • SPEISEKARTEN • GETRÄNKEKARTEN

EINLADUNGSKARTEN • BÜCHER

AUSSENWERBUNG • WEBDESIGN

www.stein-grafikagentur.de